Laïcité

Le grand malentendu

Du même auteur

Le wokisme n'existe pas. La fabrication d'un mythe, Le Bord de l'eau, « Interventions », 2024.

Le Multiculturalisme en procès (dialogue avec Isabelle Barbéris), Mialet-Barrault, 2023.

L'Universalisme en débat(s) (dir. avec Stéphane Dufoix), Le Bord de l'eau, 2023.

Haine de l'antiracisme. Dialogue avec Régis Meyran, Textuel, 2023.

Les Mots qui fâchent (dir. avec Nonna Mayer et Philippe Corcuff), L'Aube, 2022.

L'Universalisme en procès, Le Bord de l'eau, « Interventions », 2021.

Le Monde selon Francis Wolff. Ontologie, éthique et anthropologie, Classiques Garnier, « Philosophies contemporaines », 2021.

L'Inquiétante Familiarité de la race. Décolonialisme, intersectionnalité et universalisme, Le Bord de l'eau, « Chuchotements », 2020.

Cosmopolitisme ou barbarie, Rue d'Ulm, 2020.

Le Libéralisme politique expliqué aux jeunes gens, Le Bord de l'eau, 2019.

Le cosmopolitisme sauvera-t-il la démocratie ? (dir.), Classiques Garnier, « PolitiqueS », 2019.

Comment peut-on être cosmopolite ?, Le Bord de l'eau, 2018.

Ronald Dworkin. L'empire des valeurs (dir.), Classiques Garnier, « PolitiqueS », 2017.

Ronald Dworkin ou la valeur de l'égalité, CNRS Éditions, 2015.

Le Libéralisme politique et son avenir, CNRS Éditions, 2012.

Bouglé. Justice et solidarité, Michalon, 2009.

La Justice sociale. Les enjeux du pluralisme, Armand Colin, 2006.

Alain Policar

Laïcité

Le grand malentendu

Flammarion

ISBN : 978-2-0804-9131-2

À Clotilde, ma compagne, pour sa lumineuse présence.

À Yann, Judith et Hannah, pour la joie d'être leur père.

« Qu'il soit permis de découvrir et de vouloir l'homme, où qu'il se trouve. »

Frantz Fanon

Introduction

Malaise dans l'altérité

Bien que cet ouvrage ne soit aucunement un livre de circonstance, il n'en reste pas moins que les conditions de mon éviction du Conseil des sages de la laïcité et des valeurs de la République [1] ont déterminé la nécessité de l'écrire. Si cette éviction n'est pas totalement anecdotique, c'est parce qu'elle met douloureusement en évidence ce qui est à l'œuvre depuis quelques décennies, à savoir une pathologie du rapport à l'altérité. Ses manifestations sont innombrables, mais les transformations de la laïcité en sont une occurrence majeure. Ayant pour but d'assurer la paix civile, elle apparaît aujourd'hui, pour certains de ses partisans, d'abord comme une composante de l'identité nationale. De *principe* autorisant la coexistence des libertés, elle devient une *valeur*, laquelle serait étrangère à ceux dont la religion ou la culture ne permettraient pas d'en comprendre l'exigence. Dans ce processus de transformation, l'impératif de neutralité, qui s'impose aux agents de l'État, est étendu à la société tout entière. La « laïcité » devient ainsi un puissant moyen d'unification des conduites.

Dès lors, se réclamer de la conception libérale qui a prévalu en 1905, et considérer corrélativement que la loi du 15 mars 2004 (sur les signes religieux à l'école) introduit des modifications majeures contraires à l'esprit de la loi fondatrice, c'est passer pour un ennemi de la laïcité, voire, de glissement en glissement, pour un partisan de l'islamisme politique [2]. Il est pourtant permis de penser que la chasse aux signes religieux (désormais) « ostensibles [3] », le foulard islamique au premier chef, est contre-productive [4]. Instrumentalisée par les islamistes afin de persuader les musulmans qu'ils doivent se reconnaître avant tout dans la communauté des croyants plutôt que dans celle des citoyens, cette loi va à l'encontre des objectifs énoncés. À l'époque du marxisme triomphant, on aurait parlé d'une « complicité objective » entre les laïcs prétendument intransigeants (qui se décrivent comme vertueux) et les partisans de l'islamisme politique, trop heureux de l'aubaine : les Français ne vous aiment pas, proclament-ils, et certaines enquêtes (que nous évoquerons) corroborent ce sentiment.

Il ne s'agit pas ici de simples querelles interprétatives (celles à propos du sens de la loi de 1905 n'ont pas cessé), lesquelles sont inévitables, et qui pourraient être l'indice d'un fonctionnement satisfaisant de la délibération démocratique. Tout indique, au contraire, à en juger par les comportements des acteurs, qu'il convient de s'inquiéter d'une puissante montée de l'intolérance par rapport à l'expression de la différence. Quels que soient les oripeaux dont elle se pare, notamment la nécessité de renforcer la cohésion nationale, l'intolérance des « entrepreneurs de morale [5] » est un puissant marqueur de l'évolution de l'opinion.

L'évolution de la laïcité vers une conception contraignante, voire sécuritaire [6], est congruente avec le fait qu'un parti d'extrême droite, dont le programme repose sur le refus de la différence, est désormais la formation politique qui compte le plus de députés à l'Assemblée. Pour le Rassemblement national, l'étranger est supposé dénaturer nos paysages familiers, transformer nos mœurs ; bref, remettre en cause notre homogénéité fantasmée. La France, patrie des Lumières, comme nous le proclamons volontiers, s'éloigne considérablement des principes kantiens, tels que le philosophe les exprimait, en 1795, dans son *Projet de paix perpétuelle.* Personne, écrivait-il, n'a « originairement le droit de se trouver à un endroit de la terre plutôt qu'à un autre [7] ». L'hospitalité, dès lors, s'ancre sur le souvenir fictif ou réel d'avoir été étranger. De devoir, elle devient progressivement un droit, celui qu'a l'étranger à son arrivée dans le territoire d'autrui de ne pas y être traité en ennemi. De générosité quelque peu condescendante, l'hospitalité fait désormais de l'étranger un candidat virtuel à la citoyenneté. Toute autre perspective instaure une indéfendable séparation, contraire au principe d'égalité morale des êtres humains, entre ceux, les nationaux, qui jouissent de droits politiques et ceux qui, privés de ceux-ci, sont livrés à l'inhospitalité [8].

Donner l'hospitalité, c'est ainsi dépasser la tension entre *hostis* (l'ennemi, le différent) et *hospes* (qui désigne l'étranger que l'on reçoit) : dans le vocabulaire de Paul Ricœur, il faut se percevoir « soi-même comme un autre », se rendre capable d'accorder l'hospitalité ; autrement dit, faire le pari qu'un avenir commun est possible avec l'autre, nonobstant son étrangeté [9]. Si nous devons nous soucier des autres, c'est parce qu'ils sont d'autres nous-mêmes, parce que nous sommes à nous-mêmes comme des autres, des *êtres de degrés* [10], reliés plus ou moins à ce que nous continuons d'être.

Le national-populisme de l'extrême droite, à l'opposé, en se référant à des origines mythifiées, a pour revendication première de priver de droits ceux qui, par leur origine ou leur confession, sont censés menacer l'intégrité de la nation. Les bienfaits de l'État-providence ne doivent être destinés qu'au « vrai peuple », le populisme [11] procédant d'une révolte contre le partage des acquis sociaux durement obtenus sur le long terme avec de nouveaux venus, lesquels, en raison de différences *non rattrapables* liées à l'origine, ne les mériteraient pas. La dénonciation de l'Union européenne, thématique longtemps privilégiée, n'est plus le seul moyen pour mobiliser les électeurs. Le nativisme a pris le relais, avec son rejet des immigrés et des minorités religieuses, plus précisément l'hostilité envers l'islam [12].

Les affrontements sur la laïcité ne sont évidemment pas les seuls indices du rapport pathologique à l'altérité. Cependant, à de nombreux égards, ils traduisent adéquatement ce qui se joue sur d'autres terrains, notamment sur celui de la liberté d'expression, où s'affrontent des anti-wokistes, affirmant leur désir de protéger les mœurs démocratiques contre les tentatives d'« annuler » les œuvres, et les défenseurs de la justice sociale et raciale, lesquels se veulent attentifs aux divers types de discriminations inhérents au fonctionnement du capitalisme néolibéral.

À travers la querelle de la laïcité, l'on prend conscience du rôle que joue sa transformation en valeur identitaire : essentialiser les différences collectives et les ériger en obstacles à la perception de notre destin commun.

Chapitre 1

La laïcité, ou la coexistence des libertés

Comprendre la nature de la laïcité [1] exige d'en dégager les fondements philosophiques. Ils nous éclairent sur les conditions qui ont permis qu'en France, mais aussi avant, au Mexique, aux États-Unis, en Belgique, cette organisation des rapports entre l'État et la religion soit considérée comme le meilleur moyen d'assurer la coexistence des libertés. Le détour par la philosophie politique montre la fragilité des arguments de ceux qui cherchent à opposer laïcité et tolérance. Dans le contexte des affrontements contemporains sur la façon de concevoir les rapports entre la religion majoritaire et les autres religions, le statut attribué à la tolérance détermine profondément les choix politiques.

L'exigence de tolérance se bâtit sur le caractère inéliminable de l'incertitude. C'est ce qu'avaient compris, entre autres, Pierre Bayle au XVIIe puis Voltaire au XVIIIe siècle. Il est pourtant fréquent d'opposer la tolérance à l'anglo-saxonne à la « laïcité à la française [2] », pour montrer les raisons de préférer cette dernière et, généralement, de dévaloriser la première, assimilée à une sorte de condescendance publique, et présentée comme la vertu d'un système inégalitaire, tel celui de l'Ancien Régime. Alors, on « tolérait » ce que l'on ne pouvait faire disparaître, comme ce fut le cas à l'égard de la minorité protestante. De surcroît, la tolérance civile suppose une Église d'État, et il faut bien admettre que le concept de laïcité s'est constitué en se distinguant très largement de la tolérance. Mais le sens moderne de celle-ci est bien différent, et elle est devenue une vertu politique fondamentale. Non seulement elle n'entre pas en conflit avec la laïcité, mais l'une ne va pas (ou ne devrait pas aller) sans l'autre.

La tolérance : pour que vive la différence

On sait que la loi de 1905, dont le principe fondamental est la *liberté de conscience* (il n'est pas inutile de rappeler que, pour l'Église catholique d'alors, la véritable liberté de conscience se définissait comme la reconnaissance des droits du pouvoir spirituel à l'égard du pouvoir temporel !), impose à la puissance publique de ne rien dire sur les croyances et les incroyances, donc de *s'abstenir*.

C'est cette abstention qui rend possible l'application du principe de *libre affichage*, autrement dit la tolérance. Dès lors, un régime de laïcité l'inclut nécessairement. L'historien et sociologue Émile Poulat remarque que le passage du « principe de catholicité » au « principe de laïcité » induit l'abandon de « la reconnaissance du monopole de la vérité » (détenu par le catholicisme) pour faire place au « pluralisme des systèmes de conviction »[3]. La valorisation du pluralisme passe également par la liberté d'association et la liberté de la presse, considérée « comme un grand pouvoir éducateur qui doit permettre au citoyen, à côté de l'école, de se forger un jugement éclairé[4] ».

Pourtant, de nombreux auteurs ont défendu l'idée de l'existence d'un lien consubstantiel entre un modèle dans lequel seules les croyances *religieuses* bénéficieraient de la libre expression et de la tolérance. C'est le cas de John Locke, dans sa *Lettre sur la tolérance* (1689), qui exclut de l'association politique les incroyants et les athées. Mais on ne peut réduire l'apport de Locke à cette exclusion : il affirme, pour rendre la paix possible (et afin que nous puissions atteindre le bien suprême, soit, pour lui, le salut éternel), la neutralité de l'État à l'égard des religions. John Stuart Mill (1806-1873) va s'inspirer de Locke, et généraliser la tolérance à d'autres sujets que celui de la religion.

Faire de la tolérance, dans l'acception moderne du terme, un indispensable complément à la laïcité de l'État permet d'approcher la question de la différence avec d'autres lunettes[5]. En réalité, les critiques dont le principe de tolérance fait l'objet constituent un indice consistant du malaise français face à l'altérité. Pourtant, la laïcité résultant de la loi de 1905 est libérale, et l'examen des conditions de la tolérance en constitue un puissant indice.

Commençons par ce que l'on pourrait appeler le « choc des certitudes » : « Mais s'il est un fait que l'homme vit dans la certitude, il est un fait également que tous les hommes ne vivent pas dans des contenus identiques de la certitude[6]. » Ce choc intervient lors du XVIe siècle, d'abord dans le champ religieux lorsque l'idéal d'unanimité, en raison de l'émergence du protestantisme, s'affaiblit et rend nécessaire la recherche de compromis. Cette volonté de compromis est au fondement des réflexions de ceux qui donnent au concept son contenu moderne. Si l'on cite fréquemment les noms de Bayle, de Spinoza, de Voltaire[7], il convient d'attirer l'attention sur la figure de Sébastien Castellion (1515-1563), dont il faut retenir du débat avec Calvin (*Contra libellum Calvini*) l'idée forte que « le christianisme ne saurait s'accommoder sans se trahir de la persécution des hérétiques [8] ». La question décisive est ici celle de la violence, et son rejet se fonde sur l'absence de certitude, les Écritures ne pouvant prétendre indiquer clairement la voie à suivre. Il importe donc de tolérer tout ce qui n'est pas certain. C'est dans cette perspective que l'on doit lire Spinoza et, tout particulièrement, le *Traité théologico-politique* (1670) dont la méthode établit un lien entre critique des textes et tolérance.

La nécessité de la tolérance se construit différemment chez Pierre Bayle [9]. C'est, en effet, plus que la critique des textes, la *liberté de conscience*, et le scepticisme corrélatif, qui exige de refuser l'intolérance. La réponse que Bayle apporte au fanatique qui dit suivre les prescriptions de sa conscience est, de surcroît, profondément novatrice. La société est autorisée à le mettre légitimement hors d'état de nuire car le fanatique ne saurait invoquer une prescription universalisable. Bayle, en suggérant que c'est à l'État de garantir le principe de tolérance, annonce une généralisation de celui-ci en dehors de la sphère religieuse, au sein de laquelle Locke, à peu près au même moment, la cantonne. Néanmoins, on aurait tort de voir ces conceptions comme antagonistes. En définitive, Locke justifie la tolérance par la finitude humaine et, donc, l'étroitesse du domaine de la certitude. Aussi le salut doit-il être laissé à la responsabilité de chacun et le pouvoir se contenter d'assurer la liberté et la sûreté individuelles.

En outre, la diversité des opinions, en stimulant la comparaison, loin de valider le relativisme cognitif, crée les conditions favorables à la recherche de la vérité. Si bien que, dans la conception moderne de la tolérance, la divergence n'est plus accordée comme une grâce, mais, au contraire, consentie au nom de la liberté. C'est ce que souligne l'article XI de la Déclaration des droits de l'homme et du citoyen selon lequel « la libre communication des pensées et des opinions est un des droits les plus précieux de l'homme ». Ce droit sera affirmé plus nettement encore dans la Déclaration universelle de 1948, son exercice n'étant soumis qu'aux limitations légales destinées à assurer la reconnaissance et le respect des droits et libertés d'autrui [10].

Il faut interpréter *De la liberté* de John Stuart Mill dans cette perspective [11]. Le philosophe se fonde également sur la faillibilité humaine et promeut en conséquence l'expression d'une plus grande variété d'opinions. C'est dans ces conditions que nous pourrons développer des facultés propres, tels la raison ou le sens esthétique. Pour John Stuart Mill, si l'on empêche l'échange argumentatif, on s'arroge l'infaillibilité. Il pose ainsi la question de la nécessaire intégration des minorités dans les démocraties et, plus précisément, celle de leur mode de représentation. Il est donc le précurseur de ceux qui se penchent aujourd'hui sur le droit des minorités : dans *Du gouvernement représentatif* (1861), il souligne qu'un gouvernement ne peut être démocratique que si les citoyens jouissent de la publicité et de la liberté de discussion les plus grandes possibles. Sa défense de la tolérance se fonde sur la valeur de la diversité : il est bon qu'existe, pense-t-il, une pluralité d'« expériences de vie ». C'est parce que les individus sont fondamentalement différents, et qu'ils doivent être souverains sur eux-mêmes, que la tolérance est une exigence morale : elle consiste « à s'abstenir d'intervenir dans l'action ou l'opinion d'autrui, quoiqu'on ait le pouvoir de le faire, et bien que l'on désapprouve ou que l'on n'apprécie pas l'action ou l'opinion en question [12] ».

L'une des conditions nécessaires de la tolérance est donc que celui qui tolère ait le pouvoir d'interférer dans la pratique déplaisante mais qu'il renonce à le faire. D'où la question suivante : qu'y a-t-il de bon dans le fait d'autoriser ce que je trouve indésirable et que je peux empêcher ?

Pour progresser dans la compréhension du problème soulevé, il faut tenir compte du fait que l'acte toléré produit un rejet, lequel induit une tendance à l'interdire (pas de tolérance sans désapprobation préalable). Si la personne qui en a le pouvoir s'abstient de le faire, c'est parce qu'après avoir effectué une *pondération* des raisons en conflit, il lui est apparu que l'interdiction était une solution politiquement et/ou moralement [13] fragile. Mais, il faut y insister, le sens même de la tolérance exige l'existence de raisons fortes et stables de refuser la conduite tolérée.

Le conflit des raisons invalide la thèse de ceux qui voudraient assimiler la tolérance au scepticisme ou au relativisme moral. Si je suis indifférent à tel ou tel comportement, la question de le tolérer ou non est sans objet. La tolérance ne saurait donc être une vertu molle. Bien au contraire, l'affrontement des raisons se situe en son cœur. Tout principe de tolérance est un principe de restriction : il exclut de bonnes raisons d'interdire, ce qui le distingue de la permission qui est fondée sur l'absence de raisons d'interdire.

La tolérance ne saurait non plus être synonyme d'amour compassionnel pour la différence. Le culte de cette dernière en est l'exact contraire. Un pluralisme authentique suppose la reconnaissance de la difficulté à aimer l'autre. Il n'a de sens que si nous percevons qu'à l'instant de notre décision, les raisons d'interdire n'ont pas cessé d'exister. Elles ne sont exclues qu'au moment de l'action. La tolérance n'exige évidemment pas que nous renoncions à nos désaccords, mais que nous considérions comme des égaux celles et ceux qui ont des convictions différentes des nôtres. Dès lors, l'intolérance consiste à revendiquer une place spécifique pour mes propres valeurs ou pour mon mode de vie et, pour cette raison, à vouloir les protéger jusqu'à limiter, voire supprimer, d'autres valeurs que les miennes. Ce qui revient à refuser à celles et ceux qui les défendent le statut de membre à part entière de la société. À l'inverse, la tolérance consistera à insister sur notre appartenance commune à un ensemble social et à reconnaître que les autres ont tout autant que moi le droit de contribuer à en définir les normes. Bien entendu, l'argument ne vaut pas s'agissant de groupes privés, des associations religieuses ou des partis politiques, qui exigent légitimement l'adhésion à un certain nombre de croyances ou convictions partagées. Accepter en leur sein des membres aux engagements contraires priverait de sens l'existence même de ces groupes.

Diversité des opinions et liberté d'expression

Défendre la tolérance au sein de la société politique peut-il aller jusqu'à vouloir l'imposer, autrement dit jusqu'à empêcher les intolérants d'agir selon leurs convictions ? Serait-ce alors leur refuser un statut que nous reconnaissons aux autres ?

Peut-on considérer comme un point de vue parmi d'autres le fait de vouloir mon exclusion sociale ? La réponse est dans la question. Encore faut-il admettre la différence, sur laquelle insiste le philosophe Thomas Scanlon, entre notre attitude vis-à-vis de ce que veulent les intolérants et vis-à-vis des intolérants eux-mêmes. Si la tolérance ne donne pas le droit à toutes les idées d'être représentées, elle autorise ceux qui les défendent à être entendus en tant que citoyens (et non en tant qu'adeptes d'un point de vue intolérant). C'est le sens même de la célèbre formule attribuée à Voltaire : « Je désapprouve ce que vous dites, mais je défendrai jusqu'à la mort votre droit de le dire. » La liberté d'expression doit donc être défendue, parce qu'elle garantit le droit de chacun à participer à l'espace commun de la délibération démocratique : toute autre position nous placerait « dans un rapport d'antagonisme et d'aliénation vis-à-vis de nos concitoyens, de nos amis comme de nos ennemis [14] ».

Il n'en demeure pas moins que cette liberté ne peut être absolue. Dès lors, comment déterminer ses limites [15] ? On ne peut exiger des victimes d'injures racistes qu'elles considèrent celles-ci comme la simple expression d'un point de vue que l'opinion publique doit connaître. La liberté d'expression reviendrait alors à permettre les discours de haine, les lois antidiscriminatoires étant alors considérées comme illégitimes dans la mesure où elles excluent du débat public ceux qui véhiculent de tels discours. Cette question ne relève pas uniquement du législateur et du juge [16].

Une réfutation convaincante de la conséquence indésirable que serait la diffusion des discours de haine a été proposée par Charles Girard [17]. Ce dernier défend l'idée que tolérer les discours haineux risquerait de délégitimer les voix des minorités : la libre circulation de propositions racistes est de nature, en installant un climat d'hostilité à l'égard des populations ainsi désignées, à créer chez ces dernières une peur les incitant à ne plus participer à la libre discussion démocratique. On parviendrait alors à limiter paradoxalement la liberté d'expression en la garantissant à l'excès. De surcroît, le champ des discours tolérés est difficile à saisir. Même si l'on devait se limiter aux discours politiques, la définition de ceux-ci soulèverait d'importantes difficultés. La volonté d'interdire de tels discours relèverait ainsi du respect dû aux victimes.

On en conclura que la diversité des opinions renforce la liberté d'expression, laquelle suppose pour être effective l'accès du public à une variété suffisante de sources d'information. Tout citoyen doit pouvoir exercer son droit fondamental à participer à l'espace public, « un droit qui exige à la fois que la parole soit libre, que les participants soient sur un pied d'égalité et que la communication soit réellement publique, donc pluraliste[18] ».

C'est précisément dans le respect de ces exigences que la France est, au bout d'un long processus, devenue une République laïque.

Du conflit à la pacification

L'histoire de la séparation des Églises et de l'État ne commence pas en 1905. Bien plus tôt, la Déclaration des droits de l'homme et du citoyen rompt avec le catholicisme comme religion d'État et proclame la liberté religieuse (« Nul homme ne doit être inquiété pour ses opinions, même religieuses »). Ainsi commence réellement le processus de sécularisation[19] et l'adoption, le 21 février 1795 (décret du 3 ventôse an III), d'un premier régime de séparation. Mais imposé brutalement à une population qui demeurait attachée au christianisme, il est supprimé par Napoléon en 1801 : la période du Concordat durera jusqu'en 1905.

Néanmoins, la lutte entre une France conservatrice s'appuyant sur l'Église romaine, et une autre, libérale et progressiste, inspirée par les Lumières, reste vive durant cette longue période. C'est en 1833 que sera votée la loi Guizot sur l'instruction primaire. Dans sa « Lettre aux instituteurs », le ministre les invite à « propager, affermir ces principes impérissables de morale et de raison sans lesquels l'ordre universel est en péril [20] ». Si l'instituteur n'est pas encore un fonctionnaire (il le deviendra en 1889), il est chargé d'une mission de service public. L'instruction du peuple doit servir à la conservation de la monarchie (constitutionnelle, il est vrai).

L'autre France ne tardera pas à manifester son influence : en 1850, la loi Falloux donne aux ministres des Cultes un droit de surveillance et de direction sur les écoles primaires. Elle sera vivement combattue, notamment par Victor Hugo qui, à l'Assemblée, le 15 janvier 1850 [21] (avant qu'elle ne soit adoptée), défend avec fougue la séparation : « Je veux que l'échelle de la science soit fermement dressée par les mains de l'État, posée dans l'ombre des masses les plus sombres et les plus obscures, et aboutisse à la lumière [...]. Je veux, je déclare, la liberté de l'enseignement ; mais je veux la surveillance de l'État ; et comme je veux cette surveillance effective, je veux l'État laïque, purement laïque, exclusivement laïque. [...] En un mot, je veux, je le répète, ce que voulaient nos pères, l'Église chez elle et l'État chez lui. »

Hugo verra une partie de ses souhaits réalisée avec, en 1881-1882, les lois Ferry qui instituent une école, gratuite, obligatoire et laïque [22]. En 1886 (loi Goblet), le personnel enseignant est laïcisé et l'enseignement religieux exclu des heures de classe, tandis que l'enseignement de la morale civique devient obligatoire. La IIIe République voit la sécularisation inscrite dans les pratiques avec l'abrogation de l'interdiction du travail le dimanche, la suppression des prières à l'ouverture des sessions parlementaires, le retrait des crucifix des écoles publiques et des tribunaux. La victoire du Bloc des gauches, en 1902, puis la rupture des relations diplomatiques entre la France et le Vatican, en 1904, annoncent la fin du Concordat et le vote de la loi de 1905. La séparation apparaît nécessaire dès l'instant où l'idée de l'association de l'État avec un culte majoritaire a perdu sa légitimité (celle-ci est contestée dès les années 1860) et qu'elle est perçue comme perpétuant un régime d'inégalité entre les citoyens. Bien entendu, la tension entre les deux France a été profondément accrue par l'affaire Dreyfus (et la politique anticongréganiste qui en fut la conséquence).

Cette histoire de la construction de la laïcité en France peut être subsumée en distinguant trois seuils historiques [23]. Le premier, de la Révolution française au Concordat, soit de 1789 à 1806, se caractérise par trois éléments : l'éclatement institutionnel (les différentes sphères de la société s'autonomisent et la religion n'est donc plus une institution englobante), la reconnaissance de la légitimité sociale du catholicisme, celle de la diversité religieuse (on admet qu'il existe des besoins qui doivent être pris en charge par les institutions religieuses). Le deuxième, de 1879 à 1905, voit d'abord progresser la laïcisation de l'école (1879-1886), et instituer la séparation définitive des Églises et de l'État. Le troisième aurait pu être celui de la cohabitation pacifique entre les religions et l'État, si une interprétation intolérante de la laïcité n'avait pas cherché à étendre ses réquisits au-delà de sa sphère légitime, au point de mettre en péril le principe fondamental de liberté de conscience.

Sans entrer dans le détail des débats qui ont conduit au vote du 9 décembre 1905 [24], il faut retenir ce qui, vu de la situation présente, semble essentiel : l'existence, dans le camp républicain, de deux grandes familles de pensée dont le présent affrontement n'est pas sans rappeler celui observé avant le vote de la loi de 1905.

Laïcité d'abstention *versus* laïcité de combat

On cite souvent Émile Combes parmi ceux qui entendaient soumettre l'Église au diktat de l'État. En réalité, s'il entend en finir avec les écoles congréganistes, il admet l'existence (certes limitée dans le temps) d'écoles diocésaines. Le plus ardent dans la politique de déchristianisation est Maurice Allard, ferme partisan du monopole d'État sur l'école. Il est admis de les désigner l'un et l'autre comme des partisans d'une laïcité de contrôle. En face d'eux, sans pour autant diverger sur la façon de décrire l'Église comme obstacle au progrès de la raison, on trouve les partisans d'une laïcité de pacification.

Ces derniers ne forment néanmoins pas un camp homogène. D'un côté, Georges Clemenceau et Ferdinand Buisson pensent la liberté de croyance comme strictement individuelle ; de l'autre, Jean Jaurès et Aristide Briand considèrent qu'il s'agit d'une liberté collective et qu'elle doit, dès lors, respecter les règles d'organisation des institutions ecclésiales. La loi a consacré la victoire de cette dernière interprétation : la République traitera l'Église, comme l'écrira Briand, « de façon juste et libérale ». En d'autres termes, le texte de décembre 1905 souligne avant tout la liberté de conscience, donc celle de croire comme de ne pas croire, et laisse à l'Église la capacité de s'organiser comme elle le souhaite. Cette décision est le résultat d'un processus de *négociation*, fondé sur le sentiment des protagonistes que l'Autre est une menace : la peur conduit au compromis. Face à la peur, la position modérée de Briand est apaisante.

Le cadre est ainsi fixé, « autour duquel les deux France pourront, au cours des décennies suivantes, se réconcilier, sans pour autant partager les mêmes attendus philosophiques [25] ». Si la réalité de l'anticléricalisme n'est pas douteuse, il est tout à fait inexact, comme on peut le lire dans certains manuels scolaires [26], d'en faire le fondement majeur du principe de laïcité. D'ailleurs, assez loin de l'imagerie de « hussards de la République » militants passionnés d'une laïcité anticléricale, la grande majorité des instituteurs, le plus souvent issus des mêmes milieux que leurs élèves, pratiquait la tolérance [27]. L'histoire nous apprend que, derrière les postures de laïcité combattante, la réalité était bien celle d'une laïcité ouverte [28].

La loi a donc cherché à établir, avec la liberté des Églises et l'autonomie du politique par rapport au religieux, la pacification des esprits. Elle fait de la laïcité le cadre dans lequel doit désormais s'organiser le débat démocratique. Le besoin en est alors particulièrement aigu, l'affaire Dreyfus n'ayant pas encore connu son épilogue. Face aux passions nationalistes et à l'antisémitisme, la République vacille. Sa refondation, dans le combat pour les droits humains, s'accomplit dans l'affirmation de la nécessaire coexistence des libertés : par la laïcité [29].

Si la loi de 1905 institue une laïcité d'*abstention*, la séparation entre l'État et la religion n'équivaut nullement à l'instauration d'une égalité entre eux : c'est bien l'État, héritier en cela du gallicanisme, c'est-à-dire du pouvoir de subordination de la royauté sur l'Église, qui détermine la place du religieux dans la société. Aussi la loi positive prévaut-elle sur toute prescription religieuse. En excluant le religieux de la sphère publique d'État, la loi affirme la souveraineté du politique. Cependant, si la laïcité exclut l'emprise du religieux sur l'espace public[30], elle n'est pas incompatible avec son expression, et elle le protège face à une éventuelle ingérence de l'État[31]. Ce dernier point n'est pas sans importance, tant est forte alors la tentation pour l'État de déterminer ce qu'est ou ce que devrait être la religion et, au-delà, de définir la normalité religieuse, autrement dit de tracer les frontières de la religiosité socialement acceptable. Le danger, c'est que les pratiques religieuses dominantes paraissent relever de la culture alors que les pratiques minoritaires seraient perçues comme incompatibles avec la laïcité[32]. Ce n'est pas vraiment surprenant, tant l'empreinte catholique est forte dans notre pays. Il faut se souvenir qu'au début du siècle précédent, 98 % des Français étaient catholiques ou, au moins, reconnaissaient un lien avec cette religion. Il existe donc, inévitablement, un *biais majoritaire* (voir, au chapitre 4, les analyses de Cécile Laborde). Insuffisamment perçu, il constitue l'une des causes de la mésentente contemporaine sur le rôle assigné à la laïcité.

L'objectif de pacification, voulu par les législateurs de 1905, s'il est premier, n'est pas le seul : on peut estimer que l'idée de *libération* de toute marque d'hétéronomie est implicite. Elle exprime, dans l'héritage revendiqué des Lumières françaises, une forte méfiance à l'égard de la croyance religieuse, analysée comme contraire à l'exigence de perfectionnement sous l'égide de la raison. Paradoxalement, c'est la dimension de la lutte contre les attachements (familiaux, culturels, communautaires) ne relevant pas du rationnel qui donne du crédit à la thèse d'une laïcité qui se confondrait avec l'identité nationale. N'est-ce pas ce que l'on trouve dans la mise en garde d'Alain : « La famille instruit mal et même élève mal. La communauté de sang y développe des affections inimitables, mais mal réglées. C'est que l'on s'y fie ; ainsi chacun tyrannise de tout son cœur. Cela sent le sauvage [33] » ? Si l'école est bien ce qui permet à l'élève de passer d'une morale soumise à ses attachements singuliers à une éthique citoyenne fondée sur la rationalité, ce n'est certainement pas dans l'opprobre jeté sur les premiers que le seconde peut se bâtir.

Les partisans d'une laïcité libératrice lui prêtent une portée politico-morale, et les contours de son application deviennent sujets à controverse : qui jugera de notre indépendance à l'égard des croyances ? Il est alors possible de confondre la promotion de l'autonomie avec la nécessité d'exclure tout signe de dépendance. Conséquence d'autant plus dommageable que la tolérance exige que ce soit le prix accordé à l'autonomie d'*autrui* qui permette de délimiter ce qui est permis à celui qui, tout en désapprouvant, tolère (voir *supra*).

La dimension de libération par la raison est souvent présentée comme une particularité française, et alimente l'idée de l'exception de notre laïcité. Cette thèse contestable a reçu un accueil favorable au sein de la gauche, et l'un de ses principaux promoteurs, Henri Peña-Ruiz (il fera partie de la commission Stasi), y a fortement contribué. Dans un ouvrage issu de sa thèse de doctorat, il assume fièrement « la relative solitude de la France dans sa conception de la laïcité républicaine inscrite comme principe constitutionnel [34] ». On peut avoir raison contre tous. Mais à condition, toutefois, de débattre avec ceux qui ne partagent pas votre opinion. Or, si Henri Peña-Ruiz est disert sur les auteurs français (il cite cependant Spinoza), il ne semble pas connaître la philosophie politique de langues anglaise ou allemande : on ne trouve aucune référence à Rawls, Sandel, Walzer, Kimlicka, Pettit, Skinner, etc., ni à Adorno, Horkheimer, Habermas, Honneth... Autrement dit, il n'existe pas d'autre tradition républicaine que la française [35]. Les moyens de la comparaison sont donc absents.

Dans nos sociétés désenchantées, la laïcité « républicaine » apparaît ainsi comme une transcendance substitutive. Cette transcendance laïque suppose une incarnation : « Au sein de la multitude, du Laos, la référence à cette qualité d'homme, avec tout ce qu'elle implique, suffit à esquisser le fondement d'un principe, où s'appellent réciproquement l'idée du peuple et celle des hommes qui le composent, en amont de toute différenciation sociale ou politique[36]. » Le Laos, soit le peuple conçu comme une totalité indivisible, exprime la volonté générale, c'est-à-dire « la volonté de vouloir ce qui vaut pour tous ». Mais, dès lors que l'on cherche une incarnation dans une réalité située, s'opère aisément un glissement du peuple abstrait vers le peuple réel, celui de la nation. Au nom de la défense de l'identité française, les idéaux laïques peuvent paraître compatibles avec les aspirations de l'extrême droite nationaliste et xénophobe. Aussi la référence à la transcendance laïque va-t-elle unir, notamment par la défense du souverainisme (le plus souvent confondu avec la souveraineté), des familles politiques éloignées mais qui vivent comme une menace le développement, depuis 1905 jusqu'à aujourd'hui, de la diversité culturelle.

Un « républicanisme » identitaire

Certains auteurs (le géographe Christophe Guilluy, le politiste Laurent Bouvet) ont ainsi émis l'hypothèse d'un sentiment d'insécurité qui serait à l'origine de la montée du populisme. Mais le *sentiment* se transforme, non seulement chez le lecteur mais également chez ces auteurs, en insécurité culturelle *tout court*[37] : nous sommes alors dans la perspective d'un « choc des civilisations » qui se traduirait par un malaise identitaire et rendrait nécessaire la volonté de défendre « nos » valeurs. Les musulmans (mais pas exclusivement eux) sont ainsi altérisés, rendant plausible le soupçon d'islamisme, voire de terrorisme[38].

Si un doute devait subsister quant à la signification politique de cette thèse, un ouvrage de Laurent Bouvet, paru en 2019, lève toute ambiguïté[39]. Il faut nous y attarder tant les thèses défendues sont idéal-typiques de ce que nous nommons « républicanisme identitaire ».

L'auteur considère le rapport à l'islam comme révélateur des désaccords interprétatifs sur ce qu'est réellement la laïcité, tout particulièrement au sein de la gauche. Selon lui, la laïcité qu'Aristide Briand défendait n'était nullement libérale : elle exprimait un point de vue républicain modéré, et il conviendrait de combattre le glissement (voire la trahison) opéré depuis, sous la néfaste influence du libéralisme anglo-saxon : « De quelle manière une telle conception de la liberté, étrangère à la tradition républicaine française, s'est-elle ainsi imposée [40] ? » Nous serions, écrit-il, « sous l'influence des juges administratif et constitutionnel français, eux-mêmes aiguillonnés par des juges européens pour lesquels la liberté religieuse et le modèle *tolérantiste* sont les références [41] ». Il existerait donc une compromission de notre modèle par un libéralisme étranger à notre tradition politique.

Au centre de la construction idéologique de l'auteur, on trouve donc deux oppositions : celle entre libéralisme et républicanisme et, corrélativement, entre tolérance et laïcité, laquelle illustre et confirme notre analyse. Laurent Bouvet n'a pas de mots assez durs pour le « tolérantisme », incarnation, à ses yeux, du laisser-aller anglo-saxon, c'est-à-dire du parti pris en faveur de l'institutionnalisation de la différence. La tolérance serait donc la (fausse) vertu permettant au modèle multiculturaliste anglo-saxon de se substituer à la communauté des citoyens dont la France exprimerait la quintessence. Mais, nous l'avons vu, la tolérance moderne n'est pas le « tolérantisme ».

Quant à la dichotomie républicanisme/libéralisme politique, elle est très loin d'avoir la portée que lui confère l'auteur. En analysant la citoyenneté comme une responsabilité et non exclusivement comme un ensemble de droits, Laurent Bouvet se réfère implicitement au modèle athénien. Mais il feint d'oublier que, dans celui-ci, le primat de l'identité citoyenne et l'homogénéité du corps social sont liés. La citoyenneté étant acquise par la naissance, étrangers, métèques, esclaves et femmes en sont exclus. Aussi la cité grecque est-elle restée fermée, prisonnière d'une conception que, dans le vocabulaire contemporain, nous dirions *ethnique*. Et si ce rappel jette bien une lumière sur les conflits présents, il ne les éclaire pas dans le sens souhaité par l'auteur. En outre, pour donner une certaine consistance à sa dichotomie, Laurent Bouvet a recours à une version idéologisée assez inconsistante du libéralisme politique, dont la supposée connivence avec le multiculturalisme normatif ne reconnaîtrait que des communautés d'individus au mépris de l'appartenance citoyenne. Il s'agit là d'un contresens sur la nature de l'individu dans le libéralisme politique. L'atomisme est une impossibilité théorique : l'identité d'individus autonomes exige une matrice sociale. Nous appartenons à une espèce *naturellement* sociale. Mais, en s'opposant à des adversaires imaginaires, Laurent Bouvet ne cherche-t-il pas à éloigner le soupçon sur sa propre conception de la citoyenneté laïque, conception dont l'ancrage particulariste est difficilement contestable ?

En effet, de son point de vue, la laïcité est une *valeur* patrimoniale profondément liée à l'histoire de la France. Or *valeur* et *principe* ne sont pas des concepts interchangeables[42]. Il est vrai qu'il est parfois difficile, selon le contexte de leur invocation, de les distinguer. Ainsi, le principe de fraternité relève davantage, comme l'amitié ou l'amour, des mœurs que des principes (politiques ou juridiques). Dès lors, il est également une valeur, si nous définissons les *valeurs* comme des propositions morales auxquelles on peut ou non adhérer. À de nombreux égards, les *principes* républicains, entendus comme des règles auxquelles les citoyens sont appelés à conformer leurs conduites extérieures, sont également des valeurs morales. On pourrait dire que ces dernières deviennent des principes lorsqu'elles sont universalisables, et c'est incontestablement le cas de l'égalité et de la liberté.

Cette distinction, même relativisée, est l'occasion de rappeler, avec Laurent Jaffro, que le principe de laïcité impose « des règles dont l'acceptation est requise pour que tous puissent exercer leurs droits dans le respect de ceux des autres[43] ». Il n'est donc pas ici question de conviction personnelle mais d'adoption d'un comportement en vue d'un but. La laïcité ne doit pas être objet de croyance, mais enseignée comme un fait car elle n'est pas « affaire d'intériorité, mais de publicité [44] ». Elle n'est pas un mode de vie auquel on demande d'adhérer positivement, mais un cadre organisateur et égalitaire. Nous verrons à quel point cette approche est précieuse lorsque nous examinerons la loi de 2004 sur les signes religieux à l'école.

À l'opposé, l'objectif du laïcisme est de montrer que, loin de se résumer au vide créé par la neutralité de l'État, « la laïcité est, au contraire, solidement ancrée dans une histoire et même, osons le terme, dans un substrat civilisationnel [45] ». Laurent Bouvet a beau stigmatiser la « laïcité identitaire », on voit mal ce qui l'en sépare : « Lorsqu'on lit dans le Manifeste du Printemps républicain l'éloge des notions de nation, d'universalité, de laïcité, on voit bien qu'elles sont convoquées pour une restauration, un combat, où du reste la figure de l'ennemi n'est pas nommée. Mais tout suggère que ce sont l'islam et les musulmans qui sont visés [46]. » On en déduira que le Printemps républicain a fortement contribué, en adhérant à une morale identitaire de l'appartenance, à une sorte de « détournement substantialiste de la laïcité [47] ».

Il est permis, malgré quelques différences de formulation, de rapprocher ce « républicanisme » du conservatisme chrétien, tel qu'il s'exprime chez Pierre Manent. Ce dernier se préoccupe de la protection de la nation, alors que c'est celle de la

République qu'évoque Laurent Bouvet. Il ne cesse pourtant d'invoquer la première en tant que « cadre de référence et de repérage à cet arrière-plan civilisationnel de la laïcité [48] ». Et c'est bien la pensée de Pierre Manent qui, mécaniquement, revient sous sa plume pour traduire son propre point de vue : « Pierre Manent le dit à sa manière : "L'expérience française de la laïcité, loin de donner l'exemple d'une vie commune religieusement neutre et d'un État simplement protecteur des droits individuels, présente la trinité suivante : l'État neutre ou 'laïque', la société des mœurs chrétiennes, la nation sacrée." [49] » Mais, brouillant volontairement son message, l'auteur anticipe le reproche qui pourrait lui être fait, celui de vouloir défendre la civilisation chrétienne contre l'islam, en affirmant qu'il relèverait de l'instrumentalisation politique.

Ce qui rassemble la « cathosphère » et les « républicains » est cette idée, dangereuse pour la paix civile, selon laquelle l'islam menacerait l'identité nationale, en mettant en cause, pour les uns, « nos racines chrétiennes », pour les autres, nos « valeurs républicaines ». À tel point qu'à partir des années 2010, la laïcité va symboliser l'identité collective française. Bien entendu, cette position n'est pas assumée : il s'agirait dans l'opposition à l'islam non d'une hostilité vis-à-vis des fidèles, mais d'une volonté de les libérer, de les désaliéner. En définitive, cette approche, qui prétend dénoncer la laïcité identitaire, n'en est-elle pas une occurrence voilée ?

Ces convergences improbables constituent un indice de ce que Philippe Corcuff nomme le « confusionnisme », c'est-à-dire le développement d'interférences entre des thématiques (dont la stigmatisation des musulmans) d'extrême droite, de droite et de gauche, ouvrant ainsi un espace discursif de proximités non nécessairement perçues entre une diversité de locuteurs, éloignés sur bien des points [50].

Pourtant, au-delà des surenchères idéologiques, les faits demeurent têtus, et les Français expriment une vision assez consensuelle de la laïcité. C'est ce qu'indique la grande enquête menée en mai 2016 par le Cevipof (Centre de recherches politiques de Sciences Po), en partenariat avec Ipsos [51]. Ce qu'elle montre est d'abord la faiblesse des écarts du taux d'adhésion à la laïcité selon les variables démographiques et sociologiques, quelles que soient les conditions, les origines, et, dans une moindre mesure, la religion et l'opinion politique des personnes interrogées. En nous limitant aux enseignements en relation avec notre problématique, le fait d'avoir des parents étrangers ou non, celui d'être français de naissance ou par naturalisation, n'influent quasiment pas sur le taux d'adhésion à la laïcité. À l'opposé des idées reçues, si les Français qui ont des parents ou grands-parents étrangers se distinguent, c'est par une *survalorisation* de la laïcité, avec des taux d'adhésion supérieurs à la moyenne nationale (pour ceux dont les parents ou grands-parents sont originaires d'Afrique noire ou d'Asie, respectivement 72,3 % et 73,8 %).

Si la notion reste perçue comme complexe, les Français, quand ils ont des idées sur la question, expriment majoritairement une vision ouverte, égalitaire, républicaine et humaniste : parmi les soixante mots les plus souvent évoqués pour la décrire, ils citent « liberté » (2e mot le plus cité), « respect » (3e), « égalité » (6e), « République » (9e), « tolérance » (12e). Une autre enquête, menée en janvier 2020 par le Cnesco (Centre national d'études des systèmes scolaires), auprès de 1 600 élèves de troisième et de terminale, de 500 enseignants et de 350 chefs d'établissement [52], confirme qu'« au sein de l'école, les élèves, et encore plus les personnels d'éducation [...] adhèrent très largement au principe de laïcité ». Ainsi, 90 % des collégiens et 91 % des lycéens considèrent que la tolérance entre eux est importante ou très importante, y compris à l'égard d'élèves d'une autre religion ; 91 % des élèves (classes de troisième et de terminale confondues) considèrent que les enseignants les respectent quelles que soient leurs croyances ou leurs opinions. Enfin, très peu de chefs d'établissement (2 % au collège, moins de 1 % au lycée) déclarent rencontrer des problèmes importants de remise en cause des enseignements ou de refus des élèves de participer, pour motifs religieux, à certaines activités scolaires. La conclusion du rapport du Cnesco est sans ambiguïté : les élèves français témoignent d'une adhésion au principe de laïcité nettement supérieure à leurs condisciples européens [53].

Dès lors, sans nier l'existence de ce qui est nommé « atteintes à la laïcité [54] » (même si la catégorie est particulièrement hétérogène), il est douteux que leur nombre entérine l'idée d'une laïcité menacée. En outre, est-il fondé de systématiquement donner un sens politique à des comportements qui relèvent souvent d'une contestation de l'ordre scolaire ? Et il n'est guère étonnant que cet ordre scolaire soit contesté, tant l'école non seulement *reproduit* les inégalités sociales, mais les *produit*. Aussi ne peut-elle prétendre incarner une institution juste dans un monde inégalitaire : elle est le reflet de celui-ci. Si bien que la réponse administrative consistant à établir des signalements apparaît comme un renoncement à l'exigence pédagogique et, plus encore, comme une nouvelle marque d'une injustice globale.

Si la vision ouverte et tolérante de la laïcité est largement majoritaire, la tentation de faire de la France non un État laïque, mais un pays et une société qui seraient laïques par nature, est surreprésentée dans les médias et sur la scène politique [55]. Cette distinction, pourtant essentielle, entre un sens socialement dominant et un sens médiatiquement dominant est trop souvent ignorée. C'est, au moins en partie, cette ignorance qui permet à une conception, revendiquée par ceux qui souhaitent faire de l'État le protecteur ultime face aux emprises communautaires, d'occuper une place démesurée dans le débat public. Ses partisans, largement représentés au sein du Conseil des sages de la laïcité (CSL), considèrent l'interdiction du foulard islamique à l'école comme une manière de lutter contre les croyances incompatibles avec la pensée libre et la citoyenneté éclairée. Il est infiniment improbable qu'ils parviennent ainsi à atteindre les objectifs invoqués. On peut même craindre un effet contre-productif, en raison de l'instrumentalisation de ces interdictions par l'islamisme radical, chez des adolescents en quête d'identité.

Alors que le principe de laïcité, au fondement de la coexistence des libertés, ne nous contraint nullement à renoncer à nos fidélités singulières, l'identitarisme « républicain » apparaît comme un oxymore. Peut-être est-il, au fond, le puissant indice d'une crise de l'égalité. Au sein d'une société incapable de conjuguer le respect de la différence et la référence au commun, les inégalités sociales et territoriales sont en effet négligées alors que se cristallisent dans l'espace public de fortes tensions entre des revendications dites communautaristes et une identité nationale fantasmée. N'aurions-nous pas oublié que la laïcité est une invitation à suspendre nos appartenances ? Que ce qui fait communauté, c'est précisément le vide de toute appartenance ? Et la supposition qu'il y a, en tout autre homme, la capacité à éprouver le même sentiment que moi ?

Ce que nous observons, hélas, est assez éloigné des principes qui ont permis, durant la plus grande partie du siècle passé, de regarder ensemble dans la même direction. La douloureuse affaire des « foulards de Creil » confirme, s'il en était besoin, la crispation identitaire contre laquelle nous nous croyions prémunis.

Chapitre 2

Une affaire exemplaire : peut-on invisibiliser la différence ?

Il est fréquent de faire de l'« affaire de Creil » un moment décisif de la « querelle du voile ». Pourtant, les années précédentes (disons, la décennie 1980) sont essentielles, en raison du caractère crucial de la mémoire de la guerre d'Algérie. On ne parle guère alors de laïcité et, lorsqu'on le fait (réforme Savary de 1984 et débat sur le financement de l'école privée en 1993), c'est sans rapport avec l'islam. Néanmoins, alors que Jean-Pierre Chevènement est ministre de l'Éducation nationale (1984-1986), de nombreux rapports [1] insistent sur les vertus du modèle républicain français [2] (souvent en opposition aux modèles concurrents, principalement le multiculturalisme à l'anglo-saxonne). L'un d'eux a une tonalité assez différente : consacré à l'école et l'immigration, le rapport Berque s'inquiète du « discrédit, mêlé d'inquiétude, que l'Islam, si longtemps méprisé, soulève aujourd'hui chez beaucoup[3] ». Rédigé en 1985, il apparaît, lorsque nous le relisons avec la connaissance du présent, étonnamment lucide.

Il est donc permis d'être surpris, alors que le contexte international est très lourd, que l'incident du collège de Creil prenne rapidement une si grande importance. On s'en souvient, trois jeunes filles musulmanes refusent d'enlever le foulard que leur façon de vivre la foi leur prescrivait de porter. Quelques mois auparavant, le principal du collège, Ernest Chénière, avait posé pour un photographe dans la cour du collège avec un groupe d'élèves dont une jeune fille voilée[4]. D'ailleurs, deux des trois jeunes filles qui seront exclues portaient le foulard, sans problème majeur, depuis leur entrée au collège. Une brochure de présentation de l'établissement mettait le fait en avant comme la preuve que l'école avait la capacité d'accueillir des enfants d'origine culturelle différente de celle de la majorité des Français. Comme le souligne Jean Baubérot, « le foulard était empiriquement visible, mais socialement on ne le voyait pas[5] ».

On le voyait d'autant moins qu'il semblait, aux yeux des élèves, comme un choix vestimentaire parmi d'autres. N'oublions pas que, depuis Mai 68, l'autonomie gagnée se caractérisait, dans un univers de plus en plus mixte, par une grande variété de styles et de marques extérieures d'identité, généralement acceptés s'ils ne perturbaient pas l'organisation de la classe. Nous étions loin, très loin, de l'époque des surveillants généraux et des « pions » qui encadraient strictement l'ordre scolaire et incarnaient une discipline largement consentie. Si, dans un tel contexte, les affaires de foulards ont pris de l'importance, c'est probablement en partie la conséquence, à la fois, de l'imprécision des règlements (en dehors, bien entendu, des programmes disciplinaires), de l'incertitude sur le statut des adolescents scolarisés [6], mais aussi d'une interrogation sur le sens de la pédagogie : cette dernière doit-elle, comme le pensent les « pédagogues », tenir compte des spécificités de celles et ceux auxquels elle s'adresse ou, au contraire, comme le défendent les « républicains », valoriser la primauté du savoir dispensé sans considération de la différence des publics [7] ?

Quoi qu'il en soit, il semble bien que ces affaires de voile (ou de *foulard*, ce deuxième terme ayant été marginalisé, ce que l'on doit regretter : sa charge polémique est évidemment infiniment plus faible, voire inexistante) auraient pu recevoir un autre traitement. Le Conseil d'État en avait posé les bases.

Les voies de l'apaisement : l'avis du Conseil d'État

Dès la décision du gouvernement de demander un avis au Conseil d'État, un appel, publié par *Le Nouvel Observateur* le 2 novembre 1989, s'alarme de ce que ses auteurs nomment un « Munich de l'école républicaine [8] » et recommande vigoureusement aux professeurs de ne pas capituler. La loi républicaine, écrivent-ils, ne saurait, au risque de briser le contrat social, tolérer la moindre expression publique de différences ethniques, religieuses ou sexuelles. La tension est d'autant plus vive que le partisan de la laïcité souhaite, à la fois, que l'école ne soit pas un lieu de propagande, religieuse en l'espèce, et qu'elle puisse accueillir tous les enfants, quels qu'ils soient.

Comme le remarque Philippe Portier, cette tribune, signée de Catherine Kintzler, Élisabeth de Fontenay, Alain Finkielkraut, Régis Debray et Élisabeth Badinter, marque « un retournement des intellectuels [9] ». Retournement durable puisque la position alors défendue incarne désormais la laïcité officielle, celle qui, depuis 2018 et la création du Conseil des sages, produit des textes et des avis à destination des praticiens de l'institution scolaire. Une « laïcité de cohésion » se met en place en quête d'un « Nous », c'est-à-dire d'une unité contre ce qui menacerait « notre » identité [10]. L'islam devient ainsi un outil de désignation de la différence, « un modèle de contre-identification collectif pourvoyeur d'une altérité à l'identité française [11] ». Les « élites », hélas, n'échappent pas à ce « ré-enracinement nationaliste de la conscience occidentale [12] ».

Mais, nous l'avons dit, les débats des années 1990 n'ont pas tout à fait la nouveauté que l'on serait tenté de leur prêter. Jean-Marie Mayeur, auteur d'un ouvrage important sur la séparation des Églises et de l'État, notait, en 1997, que les protagonistes de la querelle autour de la question du voile jouaient une partition qui l'avait déjà été au début du siècle entre « les deux conceptions de la laïcité, l'une libérale, l'autre agressive [13] ». Il y a néanmoins quelques variations, sur lesquelles nous reviendrons, que des oreilles attentives percevront.

Le Conseil d'État avait rendu un avis serein, de nature à éviter l'emballement que nous allions connaître [14]. Il est important d'y faire référence, notamment parce que la haute juridiction administrative tient compte d'un texte qu'il est fréquent d'oublier. Il s'agit de la loi d'orientation sur l'éducation du 10 juillet 1989 qui, dans son article 10, institue la liberté d'expression des élèves. Ces derniers sont désormais au centre du système, ce qui constitue une évolution importante. Alors que l'on s'inquiétait fréquemment de l'attitude des maîtres, notamment de leurs engagements politiques, l'inquiétude se déplace désormais sur les élèves, sur leurs actes et leurs identités. D'usagers du service public d'éducation, ils en sont devenus des bénéficiaires. C'est pourquoi, à la différence des premiers, le principe de laïcité peut s'appliquer à eux, même si leurs obligations restent fortement différentes de celles des agents. La loi de 1989 peut donc être considérée comme la passerelle entre celle de 1905 et celle de 2004.

Que dit le Conseil d'État ? Il rappelle que « dans les établissements scolaires, le port par les élèves de signes par lesquels ils entendent manifester leur appartenance à une religion n'est pas par lui-même incompatible avec le principe de laïcité, dans la mesure où il constitue l'exercice de la liberté d'expression et de manifestation de croyances religieuses, mais que cette liberté ne saurait permettre aux élèves d'arborer des signes d'appartenance religieuse qui, par leur nature, par les conditions dans lesquelles ils seraient portés individuellement ou collectivement, ou par leur caractère ostentatoire ou revendicatif, constitueraient un acte de pression, de provocation, de prosélytisme ou de propagande, porteraient atteinte à la dignité ou à la liberté de l'élève ou d'autres membres de la communauté éducative, compromettraient leur santé ou leur sécurité, perturberaient le déroulement des activités d'enseignement et le rôle éducatif des enseignants, enfin troubleraient l'ordre dans l'établissement ou le fonctionnement normal du service public [15] ». L'avis sera suivi d'une circulaire d'application (12 décembre) dans laquelle est rappelée l'importance du dialogue.

Le Conseil d'État reconnaît donc aux élèves le droit d'exprimer et de manifester leurs croyances religieuses à l'intérieur des établissements scolaires, dans le respect du pluralisme et de la liberté d'autrui. Néanmoins, comme le permet la loi de 1905, ce droit est encadré par les exigences inhérentes au fonctionnement du service public. L'élève, dès lors soumis à plusieurs types d'obligations, n'est pas autorisé à effectuer des actes de provocation, de prosélytisme ou de propagande ou à porter atteinte à la dignité de tout membre de la communauté éducative, ou encore à perturber le déroulement des enseignements et, enfin, il doit se soumettre à l'obligation d'assiduité.

En d'autres termes, le Conseil ne prohibe pas les signes religieux en tant que tels, mais seulement s'ils revêtent un caractère ostentatoire ou revendicatif. Par conséquent, l'exclusion d'élèves au nom de la manifestation de leurs croyances est considérée comme une discrimination. La conclusion découle de ce qui précède : il convient de procéder à une appréciation au cas par cas sous le contrôle du juge [16].

Mais nombreux sont ceux qui jugent insatisfaisante cette recommandation. D'autant que, depuis 1989, des affaires, largement médiatisées, ont périodiquement éclaté (notamment, celle du lycée Henri-Wallon à Aubervilliers, en octobre 2003, avec l'exclusion d'Alma et Lila Lévy), opposant à chaque fois partisans d'une interdiction des signes religieux et tenants d'un dialogue ouvert, voire d'une reconnaissance du droit d'expression religieuse des élèves [17]. Pour les premiers, manifester son appartenance religieuse à l'école équivaut à *défier* la République [18]. Luc Ferry, qui fut ministre de l'Éducation nationale, l'énonce sobrement : « J'étais partisan d'une loi ferme et claire parce qu'une fois le débat lancé, il était impensable que la République perde la face devant ceux qui la défiaient [19]. »

Une clarification apparaît donc nécessaire : une commission est constituée à l'Assemblée nationale (mai 2003), présidée par Jean-Louis Debré, mais, surtout, à la demande de Jacques Chirac, alors président de la République, une autre, présidée par Bernard Stasi, alors médiateur de la République, commence ses travaux le 3 juillet 2003. Elle rend son rapport le 11 décembre de la même année [20].

Lire le rapport Stasi

Il est important de s'arrêter un instant sur ce rapport. Que dit-il précisément ? Après quelques éléments d'histoire de la laïcité française, il rappelle ses deux principes majeurs : la neutralité de l'État, qui impose à la République d'assurer « l'égalité devant la loi de tous les citoyens sans distinction d'origine, de race ou de religion », et la liberté de conscience, avec notamment sa déclinaison en liberté de culte (rappel utile, tant il est fréquent de chercher à opposer l'une à l'autre). Et il les commente en insistant, dans un premier temps, sur le rôle de l'État, lequel doit « affirmer une laïcité ferme qui rassemble » : « La liberté de conscience, l'égalité de droit, et la neutralité du pouvoir politique doivent bénéficier à tous, quelles que soient leurs options spirituelles. Mais il s'agit aussi pour l'État de réaffirmer des règles strictes, afin que ce vivre en commun dans une société plurielle puisse être assuré. »

Toutefois, dès la page 16, le rapport nuance ce principe de fermeté. Si « revendiquer la neutralité de l'État semble peu conciliable avec l'affichage d'un prosélytisme agressif, particulièrement dans l'espace scolaire », et, dès lors, qu'il convient, pour permettre la rencontre de tous dans l'espace public, « d'adapter l'expression publique de ses particularités confessionnelles et de mettre des bornes à l'affirmation de son identité », « l'esprit de la laïcité requiert un équilibre des droits et des devoirs », ce que les Québécois qualifient d'« accommodements raisonnables ». Il est assez peu fréquent que ces recommandations soient rappelées. Suggérer qu'il puisse y avoir des accommodements raisonnables semble être une concession au multiculturalisme, alors qu'ils sont une réponse adaptée au biais majoritaire. Dans un souci de cohérence, les adversaires de cette mesure devraient également s'opposer à la parité (les femmes, quel que soit leur nombre, représentent une minorité politique), mais aussi à toutes les actions compensatoires en direction des territoires défavorisés (comme, par exemple, la création de ZEP ou de ZUP, etc.) [21].

Le rapport Stasi envisage donc des réponses nouvelles aux situations non prévues par la loi de décembre 1905 (octroi de permis pour l'édification de nouveaux lieux de culte, aménagement des menus de la restauration collective, respect des exigences liées aux principales fêtes religieuses avec octroi de jours de congés pour Kippour et l'Aïd-el-Kébir, enseignement du fait religieux, etc.). Et justifie, on ne peut plus clairement, ses recommandations : la mise en œuvre du principe de laïcité n'a pas encore permis de combler des déficits d'égalité entre les croyants (il est également fait référence aux athées, aux rationalistes et aux libres-penseurs, mais ce n'est pas notre sujet).

L'idée de déficits d'égalité est essentielle. C'est elle qui conduit les membres de la commission à souligner lucidement la situation dans les colonies : « Dans les colonies, où la laïcité française rencontre l'islam, la politique de la République est marquée par l'ambiguïté. En Algérie, partie intégrante de la République jusqu'en 1962, la loi de 1905 prévoit la pleine application des principes de la laïcité. Mais, par le biais de décrets d'application dérogatoires pris par le gouvernorat d'Algérie, un régime d'exception est mis en œuvre avec un code de l'indigénat qui maintient le statut personnel musulman ou israélite. L'énonciation de principes républicains laïques et leur application dérogatoire sur un territoire donné sont révélatrices d'une contradiction propre à l'État colonial français. Ce processus interdit tout épanouissement de la théologie musulmane dans un environnement laïque[22] » (p. 11-12). Cette analyse lucide et courageuse contraste fortement avec ce qui prévaudra dans les lois ultérieures, notamment celle de « renforcement des principes de la République » (24 août 2021), dite « loi séparatisme », laquelle institutionnalise le soupçon à l'égard des musulmans (voir le chapitre 4).

Pour qui en douterait, citons encore ce remarquable passage : « Initialement, la laïcité demande un effort d'adaptation pour toute religion. Lorsqu'elle a une visée universelle, embrasse l'au-delà comme l'ici-bas, il lui est malaisé d'accepter de séparer l'un de l'autre. De fait, la laïcité exige un effort d'interprétation pour concilier le dogme religieux et les lois qui régissent la société, ne serait-ce que pour rendre possible la vie ensemble. » N'a-t-on pas, durant ces vingt dernières années, négligé cet effort au bénéfice d'une attitude contraignante, insensible aux spécificités des religions orthopraxiques, comme l'est l'islam ? Dès lors, poursuit le rapport, « cette religion, la plus récemment implantée en France et qui compte de nombreux fidèles, est parfois présentée comme inconciliable avec la laïcité. Pourtant la théologie musulmane a produit, dans sa période la plus brillante, une réflexion novatrice sur le rapport entre politique et religion. Les courants les plus rationnels en son sein refusaient la confusion entre pouvoir politique et spirituel. La culture musulmane peut trouver dans son histoire les ressources lui permettant de s'accommoder d'un cadre laïque, de même que la laïcité peut permettre le plein épanouissement intellectuel de la pensée islamique à l'abri des contraintes du pouvoir » (p. 16) [23]. Ces lignes doivent être rappelées, ne serait-ce que parce qu'elles paraissent avoir été totalement oubliées.

L'équivocité du rapport est cependant manifeste. S'il évoque des « groupes communautaristes politico-religieux » (p. 22) cherchant à déstabiliser notre démocratie, menace réelle vis-à-vis de laquelle nous serions aveugles, les causes de l'existence de ces groupes sont à rechercher dans les inégalités sociales : « La laïcité n'a de *sens* et de *légitimité* [nous soulignons] que si l'égalité des chances est assurée en tout point du territoire » (p. 22). Pourtant, quelques lignes plus bas, la contradiction est patente : on aurait tort d'en déduire que la laïcité est sans légitimité « au prétexte qu'existe l'injustice sociale ». Comment une condition nécessaire peut-elle être, en même temps, un prétexte ? Tout simplement, prétend le rapport, parce que « la grandeur des principes ne saurait être en aucun cas démentie par la bassesse des pratiques » (p. 22). Il suffisait d'y penser ! Écartons le réel, dès l'instant où il rend la rhétorique bancale.

Les rapporteurs sont sensibles au racisme et à la xénophobie (d'autant que nul n'a oublié le choc du 21 avril 2002 et le danger, désormais consistant, que représente la progression électorale de l'extrême droite). Et, là encore, les mises en garde qu'ils énoncent fermement ont été tragiquement oubliées : « Ce racisme à l'encontre des musulmans vient relayer les actes de racisme antimaghrébin connus jusqu'alors. Dans le regard de certains, les personnes d'origine étrangère, qu'elles soient maghrébines ou turques notamment, sont renvoyées et réduites à une identité religieuse supposée, faisant l'impasse sur toutes les autres dimensions de leur appartenance culturelle. Cet amalgame se double d'une assimilation entre Islam et radicalisme politico-religieux, oubliant ainsi que la grande majorité des musulmans confesse une foi et une croyance parfaitement compatibles avec les lois de la République » (p. 48). De ce constat, la leçon est tirée : « L'existence de discriminations, reflet d'un racisme persistant, contribue à fragiliser la laïcité » (p. 49). Ajoutons, bien que l'expression ne soit pas utilisée, que le rapport, en prescrivant l'instauration de jours fériés pour les religions minoritaires, accepte l'idée qu'il puisse exister des *discriminations involontaires*, celles-ci étant la conséquence de l'application de règles communes dont la justification est neutre mais dont les effets sur les citoyens peuvent être inégaux. Il en est ainsi du calendrier dont la normativité est fondée sur les intérêts de la population majoritaire. On voit que le rapport Stasi est très loin de limiter sa réflexion à la question des signes religieux. C'est pourtant, sur les vingt-six mesures proposées, la seule que l'opinion publique retiendra via la loi de mars 2004.

Et, sur ce point, il s'oppose à la recommandation du Conseil d'État de procéder au cas par cas.

Trois raisons sont énoncées (p. 31) : la difficulté pour les chefs d'établissement de prendre, dans un environnement difficile, leurs responsabilités ; celle, pour le juge, d'interpréter le sens des signes religieux ; l'impossibilité de tracer la frontière entre le signe ostentatoire illicite et le signe non ostentatoire licite. La conclusion du rapport est évidemment que la loi permettra d'éviter ces difficultés [24].

Comment comprendre cet argumentaire ? La clé interprétative est sans doute à rechercher dans ce commentaire à propos des limites du rôle du juge : « Il n'a pu appréhender les discriminations entre l'homme et la femme contraires à un principe fondamental de la République que pouvait revêtir le port du voile par certaines jeunes filles » (p. 31). Est ainsi posée une alternative douteuse : soit on est attentif aux discriminations fondées sur le genre, attention qu'exige un principe républicain fondamental, soit on s'oppose à la République et à l'émancipation féminine en tolérant le port du voile. L'idée que ce dernier soit le signe de la soumission des femmes à l'ordre patriarcal est certainement prédominante chez celles et ceux qui le combattent.

Sans nier que son port puisse résulter de cette soumission, il existe d'autres motivations et, notamment, une volonté d'intégration sans assimilation, autrement dit d'être française et musulmane. Cette raison, souvent négligée, est, de surcroît, conforme à l'observation des nouvelles formes de religiosité, lesquelles sont plus souvent choisies qu'héritées. Il est manifeste que les jeunes filles voilées demandent que soit reconnue une identité culturelle spécifique et que celle-ci soit perçue comme un apport à l'identité nationale[25]. Cette demande rompt, et c'est une des causes de l'incompréhension à son égard, avec la discrétion de la première génération d'immigrés, avec le droit à l'indifférence qu'elle revendiquait implicitement. On notera que ce désir de concilier deux identités n'est pas spécifique aux jeunes filles musulmanes. Il exprime un processus social général : on veut être également français et juif, marié et homosexuel, femme et prêtre, etc. Ces demandes légitimes de reconnaissance, lorsqu'elles font l'objet d'un refus, créent un profond ressentiment et, parfois, une vive hostilité à l'égard des institutions qui symbolisent le déni de reconnaissance.

La liberté confisquée

Il est commun d'affirmer qu'une loi était attendue, notamment de la part de la « communauté » éducative. Ce point est douteux : le 17 décembre 2003, un article du *Monde* affirmait que « la majorité des syndicats enseignants étaient hostiles à une loi telle qu'elle était envisagée par le président de la République[26] ». La FSU, le SGEN-CFDT et la FERC-CGT ainsi que la FCPE (fédération majoritaire de parents d'élèves), la Ligue de l'enseignement, l'Union nationale lycéenne, Éducation et devenir, la Ligue des droits de l'homme et le MRAP rédigent un appel dans lequel on peut lire : « Les signataires, refusant toute stigmatisation d'une partie de la population, restent attachés à l'équilibre défini par la loi de 1905 conciliant la liberté individuelle d'expression d'une conviction et le nécessaire respect par tous des libertés fondamentales et des personnes, principes qui doivent s'appliquer à tous et partout dans la République. » Il est néanmoins précisé que le « refus de tout prosélytisme religieux ainsi que du caractère marqué de toute manifestation de cette nature dans le cadre scolaire, le respect de l'obligation scolaire et du contenu des programmes, la mixité, le développement de l'esprit critique doivent être réaffirmés » pour « confirmer la fonction émancipatrice de l'école ». Cet appel débouche sur un vœu : « Nous proposons un rappel solennel et clarifié de la législation et de la réglementation actuelles, accompagné des modalités concrètes pour la construction par tous […] d'une société démocratique faisant réellement vivre les principes de la laïcité. » Rappel des principes fondamentaux donc, mais forte méfiance à l'égard d'une législation dont on souligne les possibles conséquences discriminatoires [27].

Cette sage mise en garde n'empêche pas l'adoption, le 15 mars 2004, d'une loi [28] dont l'article central est bien connu : « Dans les écoles, les collèges et les lycées publics, le port de signes ou tenues par lesquels les élèves manifestent ostensiblement une appartenance religieuse est interdit [29]. » Notons que la référence à l'« appartenance religieuse » n'avait jusqu'alors, en droit français de la laïcité, jamais été évoquée. Gwénaële Calvès rappelle qu'elle est, en effet, issue d'un tout autre univers, celui de la législation sur la liberté de la presse, très précisément le décret-loi Marchandeau du 21 avril 1939 qui permet de réprimer l'injure ou la diffamation « envers un groupe de personnes *appartenant*, par leur origine, à une race ou à une religion déterminée ». Étaient alors visés les auteurs de propos antisémites : « Seule la haine peut, d'une "origine", déduire une "appartenance", une altérité radicale et indélébile [30]. » Si le contexte est aujourd'hui bien différent, il n'est pas interdit de penser que ce qui, en 1939, visait à protéger contribue aujourd'hui à stigmatiser.

Une première circulaire d'application, publiée le 22 mai 2004 (dite « circulaire Fillon »), précise que la loi ne s'applique pas aux parents d'élèves et que « sa mise en œuvre passe d'abord par le dialogue », son « organisation relevant de la responsabilité du chef d'établissement ». Un ajout décisif mérite d'être mentionné : « Pendant le dialogue, l'institution doit veiller avec un soin particulier à ne pas heurter les convictions religieuses de l'élève ou de ses parents. Le principe de laïcité s'oppose évidemment à ce que l'État ou ses agents prennent parti sur l'interprétation de pratiques ou de commandements religieux. » Heureuse recommandation.

Est-ce vraiment le cas ? Si l'on en juge par les remontées des chefs d'établissement, il ne fait aucun doute que la loi n'est pas unanimement comprise. Et les circulaires d'application semblent n'avoir pas eu l'effet escompté, certains des meilleurs observateurs de la laïcité scolaire les jugeant contradictoires. Ce constat peut déboucher sur deux positions contraires. L'une, de surplomb, consisterait à en répéter le principe, à inciter à son application de manière plus ou moins coercitive. L'autre consisterait, à partir des sentiments des élèves, à admettre qu'ils ne sont pas dénués de rationalité [31]. D'autant que prétendre que la loi de 2004 résulte de l'application du principe de laïcité, c'est acquiescer à la transformation de celui-ci de source de droits en source d'interdictions [32].

Nous l'avons rappelé, si la loi de 1905 admet des limites à l'exercice des libertés qu'elle garantit, ces limites doivent être justifiées pour des nécessités d'ordre public. Par conséquent, la question devient celle de savoir si les « motifs d'ordre public » sont suffisamment consistants, s'agissant du port de signes religieux ostensibles. On est en droit de penser qu'ils ne le sont pas : c'est très probablement l'avis majoritaire, au moins chez les élèves musulmans. Nous ne pouvons faire comme si cette réalité n'était que le résultat d'un déficit d'explication. Si l'on recherche l'apaisement, il convient d'examiner la nature des arguments de ceux qui alertent sur les aspects discriminants de la loi.

Dès l'instant où nous sommes dans un régime de séparation, l'État n'est pas fondé à se prononcer sur le sens que nous attribuons aux vêtements que nous portons. Aristide Briand s'était clairement exprimé sur cette question à propos du port de la soutane, vêtement qui, une fois la loi votée, n'avait plus d'existence pour l'État (« un vêtement comme un autre, accessible à tous les citoyens, prêtres ou non [33] »). Bien entendu, si son port devait constituer un trouble à l'ordre public, comme le fait de cacher son visage peut en être un, il y aurait motif à l'interdire [34].

Ces précisions montrent que l'État juge les actes et n'a pas, sans perdre sa nature libérale, à scruter les intentions. Par *libéral*, il faut entendre limitation du pouvoir de l'État à l'égard de la société. C'est le sens que lui donnait Aristide Briand, lequel écrivait, peu de temps avant le vote de la loi, que « le libre exercice des cultes tel qu'il est prévu et garanti par le projet réalise un progrès notable dans la voie du libéralisme [35] ». Jean Baubérot, dans le deuxième tome de son œuvre monumentale, *La loi de 1905 n'aura pas lieu*, insiste sur ce point : « L'invocation du “libéralisme” (comme idéal à promouvoir avec la séparation) par les différents acteurs de cette époque constitue *et* une obligation de la culture politique dominante *et* un enjeu de stratégie politique [36]. » Il s'agissait, en effet, de rompre avec le type de séparation que défendait Combes, celui d'une laïcité autoritaire et *intégraliste.*

École et société : une séparation impossible

C'est cette laïcité-là qui croit possible, à l'opposé de ce qu'autorise le libéralisme, d'établir une liste exhaustive de ce qui est signe religieux, nonobstant le fait que tout peut devenir signe ou, si l'on préfère, que rien n'est en soi un signe. Pour qu'il y ait signe, une activité de pensée est nécessaire, activité qui consiste à établir une relation entre deux entités, c'est-à-dire à donner un sens à l'une par rapport à l'autre. On voit bien que la subjectivité est essentielle ici (il ne peut y avoir signe que pour un sujet) [37].

En effet, le sens prêté au voilement ne se trouve pas dans le signe en lui-même : il est construit par la loi, laquelle produit les signes à proscrire, et distingue ainsi religion et neutralité. Cette construction passe par une lecture univoque du signe religieux, en l'occurrence du voile islamique. Outre le fait qu'il est, selon la loi de 2004, toujours religieux, il est presque toujours interprété comme le signe de l'infériorité et de l'assujettissement de la femme, nonobstant les travaux sociologiques et anthropologiques qui montrent son équivocité [38]. Chez les musulmans qui y sont favorables, il peut être considéré comme une obligation ou comme une simple invitation (généralement liée à la notion de pudeur). Nombre d'autres spécialistes de l'islam doutent que le port du voile ait un quelconque rapport avec une prescription coranique. Ils mettent en avant l'idée selon laquelle l'islam n'est pas une religion de contrainte et insistent sur le fait que l'usage du hijab est antérieur à l'islam et commun aux religions monothéistes. Quoi qu'il en soit, au sein du monde musulman, cette question est débattue depuis environ quatorze siècles. Elle ne le serait probablement pas s'il existait un verset coranique explicite qui prescrirait le port du voile en dehors du moment de la prière et de la période du hadj. Rien donc n'indique l'imminence d'un consensus interprétatif ! En réalité, le fait de prêter au voile un sens univoque permet d'en « justifier l'interdiction *ici* par référence à l'imposition du voile *ailleurs*, et notamment dans des pays autoritaires et illibéraux où l'assujettissement des femmes passe précisément par la religion [39] ».

Dès lors, une liste objective de signes religieux est, par nature, exclue. C'est tant mieux, car il serait grave pour nos libertés que la définition du signe soit fixée par la puissance publique (laquelle peut ne pas être démocratique). L'école de la République doit être le lieu privilégié de la conciliation entre le respect de principes universalisables et la reconnaissance de différences, à condition toutefois que leur expression ne remette pas en cause lesdits principes. Il est difficile d'admettre que le voile, en lui-même, est attentatoire à la devise républicaine.

Avec cette affaire, la société est donc entrée à l'école et a contrarié la volonté de séparer strictement l'une de l'autre, séparation qui demeure, à travers l'idée de sacralité de l'école, un objectif noble pour une bonne part du camp républicain (comme le soutenait, par exemple, Durkheim, en 1902, dans *L'Éducation morale*). Comment pourtant imaginer que l'école puisse constituer « l'asile inviolable où les querelles des hommes ne pénètrent pas [40] », une sorte de microcosme à l'abri des réalités sociales, tout particulièrement des inégalités de la société civile ? Pour le dire dans le vocabulaire de Rawls, les individus dans la position originelle ne sont pas identiques aux individus réels : « L'école républicaine doit effectivement rester un lieu privilégié de l'éducation à la citoyenneté, mais elle ne peut parvenir à remplir cette fonction si elle prétend reproduire en son sein la société politique "abstraite", voilée, et idéale. S'il est légitime que les futurs citoyens apprennent à raisonner abstraction faite de, ou en dépit de, leurs différences idéologiques, culturelles, sociales ou sexuelles, il est illégitime de leur imposer la renonciation à ces différences en les masquant. C'est illégitime et c'est dérisoire [41]. » *Dérisoire*, en effet, parce que bannir de l'école les signes ostentatoires d'appartenance religieuse, c'est s'attaquer à la partie émergée des particularités identitaires. *Illégitime*, parce que les individus sous le *voile d'ignorance* rawlsien ne sont pas identiques aux individus réels. La « société » scolaire abstraite n'est pas la société politique réelle.

Il est nécessaire de s'arrêter sur ce point car il permet de clarifier ce qu'exige la laïcité scolaire. Pour former à la citoyenneté, l'école laïque, si elle ne cherche pas à masquer les différences, ne doit pas se contenter d'un enseignement théorique. Il convient également de mettre en pratique la délibération en permettant la confrontation des idées dans des lieux dédiés, au sein desquels l'élève s'exposerait à la diversité. C'est là qu'on retrouve l'importance de la tolérance en tant que vertu cardinale de la démocratie. On peut raisonnablement espérer que les comportements soient modifiés par l'expérience d'un fonctionnement juste de l'institution. Ces recommandations, dont on trouve le fondement dans la pensée de John Dewey, ont été, en France, plus récemment, défendues par François Dubet [42]. Il s'agit tout simplement, concernant l'école, de comprendre la laïcité par le biais du fonctionnement pratique de l'institution. La France est-elle aussi laïque qu'elle le prétend, s'interroge le sociologue (en 1996), « en refusant aux musulmans les droits qu'elle accorde aux autres, en idéalisant son passé républicain, comme si celui-ci ne procédait pas d'une longue tradition chrétienne » ? Et il concluait par une mise en garde dont l'acuité est peu contestable : « La laïcité ne peut être vécue par les musulmans que sous une forme antireligieuse [43]. » Les signataires de la tribune du *Nouvel Observateur* de novembre 1989, en jugeant toute expression des différences comme une déclaration d'appartenance à une communauté, comme une forme de refus de penser l'école comme lieu d'émancipation, donnent un fort crédit à la mise en garde de François Dubet.

Aujourd'hui, le paradoxe est patent : en combattant des signes d'appartenance religieuse au nom de la lutte contre les passions identitaires, on essentialise une différence entre ceux qui comprennent les exigences de la laïcité et ceux dont la culture rendrait cette compréhension difficile, voire impossible. Ce point de vue est renforcé par un douloureux constat : la laïcité semble ne s'imposer que pour les établissements accueillant des publics en difficulté : « Les établissements publics d'élite qui adaptent les règlements et les horaires, qui ouvrent et ferment les filières pour maîtriser leur recrutement ne semblent pas menacer l'unité de l'école laïque. [...] Ce sont les différences des dominés, pas celles des dominants, qui sont perçues comme une menace pour la laïcité [44]. » Rien, près de trente ans plus tard, ne vient infirmer l'observation de François Dubet.

Alors qu'elle devait servir à la formation de l'esprit critique et à la promotion de valeurs universelles, qu'elle participait d'une représentation libératrice du savoir, la laïcité apparaît aujourd'hui comme une réaction nostalgique d'une identité majoritaire, incapable de penser les identités minorées. Notre modèle républicain, en scotomisant les appartenances, s'interdit ainsi de comprendre la construction des subjectivités.

Durant ces trente-cinq dernières années, de *principe* juridique organisant la coexistence des libertés, la laïcité est donc devenue, chez ceux qui en commandant l'interprétation, une *valeur* identitaire au service de l'unification des conduites [45]. La fidélité au principe aurait pourtant dû nous inciter, plus encore qu'aux siècles précédents, à insister sur sa dimension d'inclusivité. Autrement dit, nous astreindre à rendre accessibles les fondements de toute législation, particulièrement dans l'espace scolaire où ceux à qui le principe s'adresse n'en comprennent pas toujours les motifs.

Il s'agit là d'une exigence, commune au contractualisme, selon laquelle nous devons être capables de fournir aux autres une justification de nos comportements. Ces derniers seront justifiés si nous proposons un principe qu'il serait déraisonnable de rejeter. Dans le contractualisme moral de Thomas Scanlon, se montrer raisonnable signifie tenir compte des demandes d'autrui et non chercher à satisfaire mon intérêt aussi efficacement que possible. Ceux qui incitent les acteurs sociaux à intérioriser la définition considérée comme socialement légitime de la laïcité adoptent plutôt une vision utilitariste que strictement morale. Ce faisant, ils sont les instruments d'un processus qui, paradoxalement, conduit à imposer une certitude à propos d'un principe qui, sur de nombreux plans, fait de l'incertitude une propédeutique. À cet égard, l'affaire des « foulards de Creil », avec les conséquences que nous venons d'évoquer, est exemplaire.

Chapitre 3

Figures du dévoiement

Jusqu'à présent, nous avons raconté une histoire : celle d'un principe vertueux, chèrement conquis contre l'emprise de la religion majoritaire, qu'un « bout de tissu » vient douloureusement questionner. Aurions-nous vécu la même histoire si elle n'avait pas concerné une partie de la population française (la population musulmane), vis-à-vis de laquelle se manifestent, inextricablement, ressentiment et culpabilité ? Comment comprendre une évolution qui a conduit à vouloir transformer ce qui fut conquête de l'autonomie, coexistence des libertés, en instrument d'uniformité des comportements ? Comment admettre qu'au lieu d'être restée désirable, la laïcité « officielle » symbolise, pour nombre de Français, l'existence de limites aux libertés individuelles dont la justification, le plus souvent la défense de la République, est fragile, et la nécessité, obscure ? Une République si fragile qu'elle serait incapable de faire face à ceux qui n'en approuvent pas le principe ? Poser cette question ne signifie évidemment pas que nous pensons la menace imaginaire. Il serait indécent, alors que des attentats terroristes nous ont dramatiquement affectés, de nier la détestation que notre mode de vie engendre au sein de courants appartenant à la mouvance islamiste. On peut, en revanche, douter de l'adéquation des moyens de lutte contre celle-ci aux buts recherchés. En d'autres termes, l'invocation de la laïcité pour réglementer les tenues vestimentaires de nos élèves est-elle de nature à décourager les terroristes ? On est presque gêné d'avoir à formuler les choses ainsi. Mais comment faire autrement lorsque l'on sait que, de 1982 (attentat de la rue des Rosiers) jusqu'en 2012 (assassinat de quatre Juifs, dont trois enfants, par Mohammed Merah à Toulouse), nul n'avait songé à invoquer solennellement la laïcité, alors que l'on ne cesse désormais de le faire depuis 2015 ? S'agit-il d'une négligence malheureuse, aujourd'hui réparée ? Ou, plus vraisemblablement, d'une instrumentalisation dont on voit bien le profit que l'on pense en retirer ? Il est difficile de ne pas percevoir que la conception sécuritaire de la laïcité est congruente avec la progression des idées de l'extrême droite. La sécurité, simple condition de la liberté il y a peu, est ainsi devenue la finalité de la décision politique.

Il nous faut analyser ce glissement vers une vision monolithique et dogmatique de la laïcité, laquelle avance masquée en prétendant combattre le port du voile au nom de l'égalité des sexes, lutter contre l'islamisme, se montrer vigilante vis-à-vis de l'antisémitisme et, plus globalement, rappeler les nécessaires contraintes de l'intégration. Le procès intenté à ceux qui, intellectuels critiques, doutent des vertus du dogme, s'accompagne d'un soupçon sur l'ensemble d'un groupe, assigné à son irréductible différence et auquel est prêtée une volonté séparatiste. De surcroît, c'est au sein de ce groupe que se développerait une passion malsaine, un « nouvel antisémitisme ». Il nous incombe donc d'examiner, aussi sereinement que possible, la nature et la fonction des reproches formulés, en les confrontant à la réalité des faits.

Les ruses de la raison

À propos de la querelle du voile, dans un article écrit en 2003, l'anthropologue Emmanuel Terray parle d'« hystérie politique [1] ». On aurait, bien entendu, quelque scrupule à utiliser pareil terme aujourd'hui, après la vague d'attentats que la France a connue. Le terrorisme est hélas bien réel. Mais, à l'époque, le rapport au danger n'était pas de même nature, chacun le comprendra. Aussi, en dépit du risque d'emprunter des concepts à la psychopathologie pour analyser le social, cette importation peut-elle ici être éclairante.

Dès 1998, le sociologue Abdelmalek Sayad avait pointé les dangers de l'insistance sur la question du voile. Les réactions anti-Arabes et antimusulmanes ont, analyse-t-il, bénéficié d'une conjoncture internationale de nature à entretenir la peur : « Regardons le contexte actuel. S'il n'y avait pas eu la chute du chah d'Iran, s'il n'y avait pas eu le Liban, s'il n'y avait pas eu un parti de Dieu, etc., comment l'école aurait-elle traité cette incongruité vestimentaire ? Elle l'aurait traitée sur le mode de la civilité. La civilité française s'est transposée à l'intérieur de l'école, en termes de comportement scolaire : en classe, on est la tête nue, on vient avec son béret, on le met dans son casier, avec un chapeau, on le met dans le casier, une chéchia, on la mettait dans le casier dans l'ancien temps, et s'il n'y avait pas eu tout cela, c'est de cette manière-là que l'école aurait dû le traiter. Qu'est-ce qui fait qu'un fait est religieux ? C'est la question que je me pose. Ce n'est pas en soi qu'il est religieux ; la manière de le traiter, le regard porté sur lui, le rendent religieux. En ce moment, c'est l'école qui renonce à sa propre laïcité [2]. » Jugement précieux [3] pour qui pense souhaitable de questionner la force des fondements laïques de la loi de 2004.

Ce qu'Abdelmalek Sayad décrit comme un renoncement au principe de laïcité concerne une communauté (en l'occurrence, la nation française) qui, se sentant menacée, adopte une conduite de fuite et, au lieu d'affronter la situation réelle qui la met à l'épreuve, fabrique une image déformée et fantasmatique. Emmanuel Terray a parfaitement décrit la situation : « Au problème réel dont elle ne vient pas à bout, elle va substituer un problème fictif, imaginaire, construit de telle sorte qu'il puisse être traité avec les seules ressources du discours et par le seul maniement des symboles [4]. » L'analyse d'E. Tarray permet de comprendre la sincérité des acteurs sociaux, lesquels, dans l'« hystérie politique », ne sont acteurs qu'en apparence : « En vérité, ils sont agis [5]. » C'est sans doute pourquoi ils ne peuvent aisément admettre que soient critiqués des engagements qu'ils décrivent comme lucides et courageux.

Il nous semble pourtant qu'ils sont confrontés, et nul ne s'en prémunit suffisamment, à ce que Leon Festinger a nommé *dissonance cognitive* pour décrire la tension entre nos valeurs et nos actions. En l'occurrence, des valeurs de progrès, de solidarité, d'antiracisme qu'il faut concilier avec une politique coercitive dont les déclinaisons exposent au reproche (minimal) de xénophobie. La difficulté à envisager la différence collective en dehors de l'épure du modèle d'intégration conduit à cette inconfortable situation : comment continuer à se représenter la France républicaine comme une terre d'accueil, comme la patrie des droits de l'homme, alors que la réalité s'éloigne considérablement de ce portrait idéal, que « la lèpre de l'exclusion se répand, les inégalités se creusent, le racisme est virulent [6] ».

Devant ces difficultés insurmontées, la tentation est grande de substituer aux problèmes réels un problème fictif. C'est le rôle qu'a joué, et continue de jouer, la question du voile, en dépit du très faible nombre de cas litigieux recensés (environ deux douzaines, dont quatre conduisant à des expulsions d'établissements scolaires, en 2003). Pour donner une consistance à ce problème, il a fallu gonfler ces chiffres (on a évoqué une multiplication par quatre, ce qui reste assez peu significatif) en prétendant que les statistiques officielles ne permettaient pas de saisir la véritable ampleur du phénomène, lequel, de surcroît, ne serait que la face visible de l'iceberg.

La future loi (elle n'est pas promulguée au moment où l'article que nous mentionnons est publié) est décrite par Emmanuel Terray comme un exercice de « gesticulation politique » sans influence sur l'hystérie collective qui, par contagion, gagnera toutes les familles politiques, unies dans la « célébration des valeurs républicaines » et persuadées « d'avoir vaillamment combattu pour la pensée libre et la cohésion nationale ». Aussi, « au nom de la liberté et de l'intégration », aura-t-on voté une loi « dont l'effet le plus direct sera d'interdire et d'exclure [7] ». La construction de la figure de l'ennemi intérieur [8], que l'on soupçonne d'être idéologiquement acquis aux agents étrangers, rend plus urgente encore la recherche d'une théorisation qui en appelle aux principes de la devise républicaine. Alors que la crise climatique et les guerres devraient mobiliser toutes nos énergies, on laisse s'installer un climat de méfiance, alimenté par d'anciennes rancœurs, dont rien de bon ne peut naître.

Avec le recul historique, il paraît fondé de décrire la mobilisation autour de la laïcité comme un dispositif discursif visant à rendre respectables les sentiments anti-Arabes et antimusulmans : l'opposition au voile n'est pas assumée en tant que telle mais cherche sa légitimité dans la laïcité et/ou dans la défense du principe d'égalité des sexes. On remarquera que les instruments d'euphémisation du racisme varient selon les particularités nationales : l'islam peut être rejeté en tant que religion rétrograde et homophobe (comme aux Pays-Bas, où l'on est particulièrement attaché au libéralisme culturel), comme incompatible avec l'héritage catholique (comme en Italie) ou avec la laïcité en tant que religion civile (comme en France). Les idéologies nationalistes savent mobiliser les thématiques liées au genre (mais pas seulement) à des fins xénophobes. Bref, il est permis de parler de racialisation du sexisme[9].

À cet égard, le rapport Baroin de 2003, intitulé « Pour une nouvelle laïcité » (dont les seize propositions qui en résultent ont été publiées dans *Le Figaro Magazine* du 24 mai 2003), a le mérite de la clarté. On y lit que la laïcité est contestée « par certaines populations immigrées, qui, issues d'une culture non laïque et non démocratique, ne perçoivent pas le sens de ce principe ». L'identité nationale est ainsi invoquée dans un contexte où le voile islamique pose problème. La crise de la laïcité est imputée à la gauche parce qu'elle a « défendu les différences culturelles » et le « communautarisme ». L'avis du Conseil d'État du 27 novembre 1989, qui laisserait les enseignants « dans un état d'insécurité juridique », est vivement critiqué. Ce rapport, à l'ethnocentrisme décomplexé, exprime sans doute ce que pensent un grand nombre de Français. Il témoigne du poids de la « fracture coloniale », liée surtout à la mémoire douloureuse de la guerre d'Algérie.

L'aversion à l'égard de l'islam est ainsi l'expression d'un dégoût social pour certains modes de vie perçus comme menaçants, tout comme celle d'une volonté d'en défendre d'autres, ceux de la majorité, perçus comme menacés. La forme exacerbée de ce dégoût s'exprime par une crainte face au risque de « grand remplacement » qui justifierait une sorte de *racisme de résistance*, lequel, sans s'autodésigner ainsi, est présenté comme une forme de lucidité, dont les « belles âmes » (entendons les progressistes engagés dans les combats contre les discriminations) seraient, par nature, privées. Il n'est pas excessif de parler ici de *panique morale*, selon le sens donné à l'expression par le sociologue britannique Stanley Cohen pour désigner, sur le modèle des grandes peurs médiévales, la situation créée par des « entrepreneurs moraux » qui désignent à la vindicte collective des groupes en raison d'un comportement jugé déviant par rapport à la norme majoritaire. Et force est de constater que les campagnes antivoile ont, sous couvert de défense de la laïcité, « participé massivement à la stigmatisation des musulmans et à la fabrication de l'islamophobie [10] ».

Dans un tel contexte, il est une ruse de la raison sur laquelle il convient de s'arrêter longuement : l'instrumentalisation du féminisme.

L'instrumentalisation du féminisme

La volonté d'unir les discours de préservation de l'identité nationale et ceux fondés sur la mémoire des luttes féministes, aussi fantaisiste soit-elle, est devenue l'argument préférentiel de la laïcité officielle. C'est parce que le voile contreviendrait à l'égalité des sexes qu'il doit être combattu, nonobstant la frilosité historique de la République sur cette question des droits des femmes [11]. On mentionnera, entre maints exemples possibles de cette frilosité, la résistance à la parité, au nom de l'universalisme républicain, lequel n'a pas manqué d'insister sur ses effets pervers, parmi lesquels le risque communautariste [12]. L'instrumentalisation du féminisme accompagne, dans la longue période, le dévoiement du concept de laïcité en une idéologie au service de l'assimilation de l'« indigène » (voir la loi sur la nationalité du 10 août 1927) [13].

C'est donc à une réécriture de l'histoire que procèdent les néolaïques en avançant l'idée, factuellement fausse, que le combat pour la laïcité fut solidaire du combat pour l'égalité des sexes. Mais peu importe : les femmes voilées sont supposées être à la fois victimes et complices de la domination masculine à laquelle les femmes non voilées échapperaient. L'émancipation des femmes devient ainsi l'étendard vertueux sous lequel se rassemblent les partisans de l'universalisme « à la française ». Jean-Michel Blanquer, alors ministre de l'Éducation nationale, revendique, le 13 octobre 2019, explicitement son souci de protéger les femmes au nom de « nos valeurs [14] » : « Le voile en soi n'est pas souhaitable dans notre société tout simplement. Ce n'est pas quelque chose d'interdit, mais ce n'est pas non plus à encourager. Ce que ça dit sur la condition féminine n'est pas conforme à nos valeurs. » Cette position contribue à faire des valeurs « républicaines » une forme de morale surplombante pouvant entrer en concurrence avec les prescriptions juridiques. L'exaltation des « valeurs de la République », dont la laïcité serait le fondement, marque « la résurgence d'une sorte de religion civile de l'État exclusive de toutes les autres propositions de sens disponibles dans notre société devenue pluriculturelle [15] ». C'est ainsi que, le 17 septembre 2020, des députés de la République ont cru défendre lesdites valeurs en quittant l'Hémicycle lorsque la vice-présidente de l'UNEF s'est présentée voilée à une audition à laquelle elle avait été conviée. Ou lorsque Latifa ibn Ziaten est venue à l'Assemblée, en commission, évoquer le sort de son fils tué par Mohammed Merah ! L'invocation de valeurs, « érigées en socle consensuel indépassable et substantialisé sur le mode paradoxal d'un catéchisme conservateur », est mobilisée contre une religion, elle-même perçue comme conservatrice : ce sont donc des conservateurs, remarque ironiquement Haoues Seniguer, « qui exhortent clercs et fidèles de l'islam à être plus libéraux sur le plan culturel, aux fins de partager la table républicaine [16] ».

C'est ainsi le féminisme qui sert à justifier la stigmatisation des femmes voilées, soumises à une domination masculine exercée au nom de l'islam, dont elles n'auraient aucunement conscience. Mais n'est-il pas incohérent de penser que le voile traduit (*objectivement*, lit-on souvent) l'aliénation des femmes et de ne pas souhaiter alors qu'il soit interdit partout, et non seulement à l'école publique ? Et même si l'on désire limiter l'interdiction aux mineures, comment justifier l'exemption dont bénéficie l'école privée sous contrat, laquelle, rappelons-le, bénéficie de financements publics et remplit une mission de service public ? Et comment justifier le laxisme à l'égard des établissements privés hors contrat (dont le nombre est en forte progression, même si cette augmentation concerne surtout des établissements proposant des pédagogies alternatives) ?

Ces contradictions évidentes ne semblent toujours pas interrogées. Si l'on s'inquiète, à juste titre, de la condition des adolescentes et des jeunes femmes dans la cité, ne faut-il pas se demander en quoi l'interdiction du voile à l'école est de nature à transformer leur vie ailleurs, en dehors du monde scolaire ? Enfin, plus généralement, passera-t-on pour un défenseur de l'ordre moral si l'on fait remarquer qu'il est des aspects, pourtant criants, de l'aliénation des femmes qui ne recueillent pas l'attention du législateur ? Qui prétendra que l'industrie pornographique respecte le principe d'égalité des sexes ? Et si des progrès ont été réalisés, il est assez récent que l'on se préoccupe du sexisme dans la publicité. Une bonne part de l'opposition au voile tient aussi au fait qu'il exprime le refus de correspondre à ce que l'on attend d'une femme, comme l'expression d'un « *désir anormal* de se soustraire à un certain réseau de signes patriarcaux, en l'occurrence celui de la disponibilité à la rencontre sexuelle [...], outrage à l'érotisme réglé des relations hétérosexuelles [17] ». Le port du foulard est ainsi vécu par l'homme comme une forme de désappropriation.

L'ambivalence de la République à l'égard du genre féminin a été souvent soulignée. Par les femmes, d'abord, dont l'écrivaine Nelly Roussel, libre-penseuse, qui, en 1904, note déjà que « la plupart des farouches anticléricaux ont conservé le préjugé masculiniste » et défendent « dans la famille et dans l'État, les lois et les mœurs *hoministes* » [18]. Il suffit de consulter les débats qui ont conduit à la loi de 1905 pour constater qu'il n'est alors nullement question de renforcer les droits des femmes (ni par l'accès au suffrage universel, ni par la consécration du contrôle de leur droit de reproduction) [19]. On peut toujours fabriquer la fiction selon laquelle la laïcisation des mœurs permise par la loi a produit des conséquences émancipatrices pour les femmes : le rapport causal est pour le moins incertain. On observe plutôt la vigueur du stéréotype de la femme soumise au cléricalisme. Il alimente la méfiance, voire la peur, à l'égard des femmes.

En réalité, le traitement de la femme voilée s'inscrit dans une longue tradition. Faut-il rappeler la violence (conséquence de la peur ?) des cérémonies de dévoilement en Algérie coloniale, accompagnées par des campagnes de presse dont la tonalité est bien résumée par le slogan suivant : « N'êtes-vous pas jolie ? Dévoilez-vous ! » ? L'injonction de se dévoiler n'est-elle pas le symbole de la substitution d'une marque supposée de soumission (le voile) à une autre, l'autorité publique ? L'émancipation ainsi promise passe par la répudiation de l'allégeance à un passé (du moins, un temps que l'on dit être passé) religieux pour entrer dans un présent prétendument laïque [20].

Ajoutons encore que, d'après les associations de lutte contre l'islamophobie, 85 % des agressions touchent les femmes[21] (si le chiffre peut être contesté, il est certain que les femmes sont très largement majoritaires parmi les victimes). Ces pratiques coloniales de contrôle du corps colonisé perdurent dans les quartiers populaires. La violence du maintien de l'ordre, autorisée par la hiérarchie, bénéficie implicitement d'un statut dérogatoire[22]. L'impensé colonial se réactive ainsi sous la forme d'un *orientalisme sexuel* (selon l'expression de Todd Shepard[23]) qui, bien entendu, concerne aussi les stéréotypes sur l'homme arabe, particulièrement répandus dans les années 1960-1970, tantôt vu comme menace d'invasion, tantôt décrit comme modèle révolutionnaire.

On le voit, la question du genre est très loin d'être sans importance. Aisément repérable dans l'histoire de l'idée républicaine, elle éclaire les débats contemporains. Dans une comparaison entre la façon dont a été abordé le traitement du turban sikh en Grande-Bretagne et celui du voile en France, l'angliciste Olivier Esteves souligne justement que, dans le premier cas, on a des hommes barbus « qui s'appellent très souvent Singh (*lion* en sanskrit), valorisent une masculinité forte, et entendent s'insérer dans la mémoire collective comme des acteurs centraux de l'effort de guerre en 1914-1918 et en 1939-1945 », alors que, dans le second, « on a des jeunes femmes considérées comme "opprimées ", "instrumentalisées" par l'islamisme global, à la merci de leurs "grands frères", etc. ». Et il poursuit : « Cette *passivation* des femmes portant un hijab, on la retrouve bien sûr dans le parler de tous les jours : l'expression "femme voilée" est (de loin) la plus utilisée, l'expression "femme qui porte un voile", ou "un foulard", est (beaucoup) plus rare, et on aurait tort de croire qu'il s'agit ici d'un pur hasard, bien sûr[24]. »

Il n'est pas question ici d'idéaliser le modèle anglo-saxon de traitement de la différence collective. La promotion de la diversité peut parfaitement, en Grande-Bretagne comme ici, obéir à des objectifs strictement mercantiles[25]. Elle n'obéit généralement pas à l'impératif d'égalité, même si elle peut avoir des effets vertueux. La valorisation de la multiculturalité est parfaitement compatible avec le néolibéralisme. Mais la critique du modèle anglo-saxon ne peut suffire à légitimer le modèle concurrent d'intégration « à la française ».

Les affaires de voile en Europe relèvent bien souvent du faux procès. Loin d'être toujours un signe de prosélytisme islamique, le port du voile a constitué pour les quelques centaines de jeunes filles en question – un chiffre dérisoire au regard de la population féminine d'origine musulmane en

France – un moyen, parmi d'autres, d'affirmer une identité religieuse et culturelle stable, jugée nécessaire à une bonne intégration au sein de la société française, mais parfois, c'est vrai, une manifestation de rejet de la modernité. On peut dire, au fond, que, par le voile, les jeunes filles dévoilent leur différence. Françoise Gaspard et Farhad Khosrokhavar, dans *Le Foulard et la République* (1995), une enquête de terrain dans les banlieues, soutiennent que le port du voile représente plutôt un facteur de construction et de consolidation de l'identité des jeunes filles[26].

On le sait, ce n'est pas ainsi qu'il sera interprété, en 1989, par les signataires de la tribune du *Nouvel Observateur* (voir *supra*). Au lieu de l'examiner à partir de la situation concrète de celles qui le portent et du problème de leur intégration dans la République, il le sera en fonction de principes décrits comme intangibles, sauf à aboutir à un « Munich de l'esprit ». On est frappé par un argumentaire qui, en définitive, revient à présenter les jeunes filles voilées principalement sous l'angle de l'hétéronomie (la manipulation, par l'islamisme ou par le patriarcat, étant l'hypothèse largement dominante), et, parfois, sous celui du danger pour la démocratie. Ce sont d'ailleurs les rapports entre islam et démocratie chez des jeunes marginalisés qu'examine, une dizaine d'années plus tard, la politologue Mahnaz Shirali[27]. L'ouvrage est préfacé par la sociologue Dominique Schnapper qui exprime alors des idées assez différentes de celles qu'elle défend aujourd'hui[28]. Autrement dit, l'objet « voile » exige à chaque fois une construction analytique en fonction du contexte et des intentions des acteurs sociaux[29].

Dès lors, ne serait-il pas raisonnable de traduire la question posée par le port du voile en termes de reconnaissance identitaire ? Dès l'instant où l'on accorde aux jeunes filles voilées l'autonomie décisionnelle (mais, bien entendu, l'hypothèse d'une conscience aliénée ne peut être écartée d'emblée), elles demandent, en effet, à être reconnues pour ce qu'elles sont : à la fois françaises et musulmanes. Seule la tolérance moderne est en mesure de répondre à ces demandes de reconnaissance. En les considérant comme légitimes, l'école devrait être l'espace au sein duquel elles peuvent être interrogées et permettre ainsi la confrontation entre héritage culturel et projet citoyen.

Évoquer la problématique de la *reconnaissance* équivaut à questionner le modèle français d'intégration[30], lequel, par son universalisme revendiqué, se montre hostile à toute action compensatoire en faveur des minorités. L'épure de ce modèle étant la voie qui doit être suivie par toute population désireuse de s'intégrer à la nation, tout écart à la norme peut devenir l'indice d'une volonté de séparation.

Intégration et séparatisme

La thèse de l'intégration par la nation adopte un présupposé, que l'on trouve aussi bien chez Pierre Manent que chez Marcel Gauchet, selon lequel les hommes souhaitent naturellement vivre dans des communautés nationales, communautés dont la nature est de permettre d'éviter la vacuité substantielle à laquelle nos démocraties seraient vouées en s'émancipant au sein d'entités juridico-politiques supranationales de la médiation de la nation. Cette thèse fait donc de cette dernière le moyen par lequel se réalise l'humanité de l'homme. Mais est-ce incontestable ? N'existe-t-il pas des droits attachés à l'humanité de l'homme et non tributaires d'un temps, d'un lieu, d'une situation ? Il semble bien que le concept d'intégration possède, quoi qu'en puissent penser ses partisans, une coloration nationaliste et identitaire : « Nous sommes tous en puissance des philosophes de l'intégration. Nous sommes prompts à juger nos semblables pour leur faire sentir qu'ils ne seront jamais totalement nos semblables [31]. »

Le modèle républicain d'intégration puise sa force dans la promesse qu'il est, pour les plus démunis, le meilleur moyen d'accéder à l'effectivité de la citoyenneté. Mais est-il réellement, pour les jeunes d'origine immigrée, à la hauteur de sa promesse ? Une promesse que le journal *Le Temps* avait, en 1886, fortement exprimée : « Nous ne sommes pas une race, nous sommes une nation qui s'est formée depuis dix-huit siècles par les alluvions successives que cent peuples divers ont laissées sur notre sol [32]. »

L'indifférence à la différence ne peut être crédible que si la différence n'est pas l'obstacle majeur à la réussite du projet républicain. Pour d'importantes franges de la population, l'injonction à se conformer aux valeurs dites universalistes a pour effet de les exclure, en leur faisant endosser « le poids de leur indignité [33] ». Peut-on exiger de celles et ceux qui sont privés des ressources culturelles et économiques nécessaires à l'intégration citoyenne qu'ils s'éloignent de leurs communautés d'appartenance pour adhérer à un idéal universaliste sans véritable consistance à leurs yeux ?

Il n'est donc guère surprenant que le terme même d'*intégration* fasse l'objet d'un vif rejet de la part des immigrés et de leurs descendants. Ce rejet n'est-il pas le signe de la nature ségrégative de la notion ? L'intégration n'est-elle pas, comme le suggère Didier Lapeyronnie, « le point de vue du dominant sur le dominé[34] » ? Pour le sociologue, il convient donc d'éviter un mot qui implique un type de relations sociales trop pesant et qui, en définitive, revient à mettre en doute la légitimité de la présence des immigrés au sein de la nation.

L'approche, devenue classique, de l'intégration fondée sur l'appartenance citoyenne se heurte à une importante difficulté : pour devenir citoyen, il faut être intégré, mais l'intégration n'est possible que par l'obtention de la citoyenneté. Quelle attitude alors adopter vis-à-vis des populations qui ne bénéficient pas (et ne bénéficieront peut-être jamais, parce que considérées comme non intégrables) du statut de citoyens ? N'est-ce pas reconnaître que le destin de ces populations est l'assimilation ? La conception de la citoyenneté à laquelle il faudrait adhérer a pu convenir tant que la participation égalitaire à la vie collective était une utopie crédible. Mais, désormais, le doute, hélas fondé, sur la capacité de la nation à intégrer harmonieusement exige que soit repensées les modalités des rapports entre l'exigence universaliste et le respect des singularités collectives. Le refus de la pluralité des façons d'appartenir à la nation entre en conflit avec des revendications fondées sur les principes de justice. Ce refus n'est-il pas, derrière la fidélité proclamée à l'universalisme, aveu d'ethnocentrisme ? Le républicanisme, dans ses formes radicales, ne conduit-il pas à accréditer la fiction d'une intégration sans heurts, valant uniformément sans considération des histoires et des contextes ?

Les idéologues d'aujourd'hui, inquiets d'une supposée « tyrannie des minorités », opposent la laïcité républicaine et la tolérance, fustigent le multiculturalisme et interprètent les critiques à l'égard de l'universalisme à la française sur le seul registre de l'incompréhension. Ainsi Alain Finkielkraut écrit, sans vergogne, que « la nouvelle norme sociale de diversité dessine une France où l'origine n'a droit de cité qu'à la condition d'être exotique et où une seule identité est frappée d'irréalité : l'identité nationale [35] ». Depuis, les souverainismes de toutes obédiences ont accru leur influence, comme en témoigne la création, par Michel Onfray, de la revue *Front populaire*. On ne saurait trop conseiller à celles et ceux qui s'inquiètent d'une supposée « tyrannie des minorités » de lire Mona Ozouf ou Jean-François Chanet, dont les ouvrages montrent que les affiliations particulières, loin d'être un obstacle à l'intégration, sont souvent le meilleur moyen d'y parvenir [36]. Car, durant des décennies, nombreux sont les Français qui ont vécu dans deux cultures et deux langues et, il est important de le souligner, certains d'entre eux n'étaient pas plus familiers de la culture scolaire que ne le sont aujourd'hui les nouveaux immigrés. Dans un article de 1964, Jacques et Mona Ozouf ont montré que l'universalisme républicain cherchait à construire un sentiment d'appartenance, à faire en sorte, dans un fort élan patriotique, que les enfants de l'école laïque s'approprient une histoire, une géographie, une littérature. S'il est permis d'entretenir une certaine nostalgie pour une époque au cours de laquelle la laïcité était au cœur du projet scolaire, on doit aussi être lucide sur ce à quoi elle a été aveugle. Apprendre aux enfants des colonies que leurs ancêtres étaient gaulois pourrait relever du simple folklore si ce « savoir » n'avait pas maille à partir avec la bonne conscience coloniale, autrement dit si nous nous étions montrés soucieux d'intégrer dans la mémoire commune les soldats des colonies morts pour la France dans les combats de la Première Guerre mondiale.

Dès lors, redisons-le, il est préoccupant que les résistances de certaines franges de la population musulmane soient très généralement interprétées comme indice d'une volonté séparatiste, alors que la panne de l'intégration (aux multiples aspects : ségrégation urbaine, échec scolaire, discrimination à l'embauche et dans l'attribution de logements, racisme au travail, etc.) constitue l'un des problèmes que nos gouvernements n'ont pas su résoudre, ni même, le plus souvent, affronter. Les minorités réclament l'égalité de traitement, tout en sachant que l'égalité *formelle* n'empêche nullement la ségrégation *réelle*. Il est difficile de progresser dans la voie de l'équité sans permettre l'expression des singularités culturelles par lesquelles les individus construisent leur personnalité.

Cette considération des singularités est souvent jugée contraire aux réquisits de l'universalisme républicain. Mais l'histoire nous invite à nuancer, voire à invalider, les récits officiels. Parmi ces récits, celui de l'intégration des Juifs à la République semble heuristique.

Dans un ouvrage convaincant[37], l'historien américain Maurice Samuels examine les débats liés à la question de l'émancipation des Juifs à divers moments de l'histoire. L'un de ses objectifs est au cœur de notre propos : c'est à la lumière des suspicions à l'égard d'un séparatisme musulman que l'auteur dit vouloir interroger « la pérennité du juif comme point de référence – *invoqué souvent sur des bases erronées* [nous soulignons] – dans les controverses républicaines sur les minorités » afin, ajoute-t-il, « d'aider le pays à surmonter ses dilemmes actuels par un examen de l'histoire des débats sur la différence juive[38] ».

En attirant l'attention sur les « articulations pluralistes de l'universalisme français, Maurice

Samuels ne prétend pas qu'elles auraient historiquement prévalu, mais qu'« elles représentent la part fructueuse de l'universalisme [39] ». Certes, les défenseurs prérévolutionnaires des Juifs étaient assimilationnistes, mais la Révolution, montre-t-il, « sympathisait avec le pôle pluraliste bien davantage qu'on ne l'a pensé jusqu'à présent [40] ».

Nous n'allons pas ici progresser davantage dans l'analyse des propositions de l'ouvrage. Il nous suffit de souligner que l'historien décrit l'universalisme français non comme une doctrine définitivement fixée mais « comme le lieu d'un conflit entre diverses options possibles face aux différences [41] ». D'autres études confirment que non seulement l'assimilation n'était pas requise des Juifs mais que ces derniers ont maintenu, tout au long du XIXe siècle, un degré élevé d'identité ethnique, comme en témoignent les faibles taux de conversion et de mariages interreligieux [42]. Bref, les Juifs n'estimaient pas que l'assimilation était le prix de l'émancipation, et « la plupart de ceux qui décidaient de leur octroyer la citoyenneté ne s'en souciaient pas davantage [43] ». Sans nier l'existence d'une sorte d'exaltation joyeuse chez les Juifs (« heureux comme Dieu en France [44] ») dans l'insertion à la communauté nationale, nous avons vu qu'elle s'est accompagnée d'un souci extrêmement vif de sauvegarder, dans l'espace privé, leur spécificité.

Et, comment oublier les douloureuses périodes au cours desquelles la protection de l'État fit défaut ? Et où les Juifs eurent à subir ce que le philosophe Axel Honneth décrit comme la « dynamique sociale du mépris » ? Ce mépris que doivent aujourd'hui affronter les musulmans, notamment ceux d'origine algérienne, héritiers d'une histoire au cours de laquelle, la citoyenneté leur étant refusée, on ne pouvait à la fois être français et musulman. Et, quand vint le temps de la guerre, de non-citoyen, le musulman devient l'ennemi menaçant. Arrivés en France après la décolonisation, le statut d'infériorité de l'époque coloniale se perpétue comme, entre autres manifestations, les discriminations à l'emploi, au logement, la fréquence des contrôles au faciès, etc. C'est pourquoi il est difficile d'imaginer une intégration sans heurts pour des populations exclues d'un « universalisme » républicain infidèle à son principe. Il est donc paradoxal de vouloir que les musulmans (et, d'une façon générale, les minorités) renoncent à l'expression de leurs différences ni même, les temps ayant changé, qu'ils les cantonnent strictement à la sphère privée.

Ce que nous décrivons comme un raidissement des positions chez ceux qui possèdent le pouvoir médiatique et le quasi-monopole de la parole publique se veut une réponse à la permanence de l'antisémitisme, notamment musulman, et aux fortes tensions liées au conflit israélo-palestinien dans une France où cohabitent la plus importante communauté juive d'Europe et une forte présence arabo-musulmane. Mais cette réponse est-elle appropriée ? Et ne confond-on pas antisémitisme musulman et antisémitisme *des* musulmans [45] ?

Les partisans de la thèse du « nouvel antisémitisme » se fondent largement sur les enseignements de l'ouvrage collectif, paru en septembre 2002, *Les Territoires perdus de la République. Antisémitisme, racisme et sexisme en milieu scolaire.* Écrit par une dizaine de professionnels de l'Éducation nationale (surtout des professeurs du second degré), il a été réédité dès 2004, puis en 2015 [46], avant de servir de base à un documentaire, diffusé le 22 octobre 2015 sur France 3, *Profs en territoires perdus de la République.* Ce livre a avivé la polémique sur les politiques publiques vis-à-vis des écoles et quartiers de banlieue et a influencé sémantiquement les discours politiques (on a pu parler de « quartiers de reconquête républicaine ») en suggérant dans l'imaginaire collectif un lien entre établissements scolaires accueillant majoritairement des populations défavorisées, critiques à l'égard de l'ordre scolaire, un islam fondamentaliste et l'antisémitisme. La laïcité devient alors, plus que jamais, le bouclier susceptible de protéger l'école contre ce qui la menace.

Pour l'essentiel, l'ouvrage alerte sur la résurgence de l'antisémitisme dans les banlieues françaises, plus particulièrement chez les élèves d'origine maghrébine, à travers les témoignages d'enseignants et de chefs d'établissement [47]. Il acquiert une forte visibilité lorsque, le 21 octobre 2003, à Valenciennes, Jacques Chirac, alors président de la République, appelle à la mobilisation « pour assurer la reconquête de ce qu'on a pu appeler "les territoires perdus de la République" ». L'expression, reprise aussi bien à gauche qu'à l'extrême droite (Marine Le Pen en 2011), transcende donc les frontières partisanes [48]. L'idée d'un « nouvel antisémitisme », qui deviendra prégnante en 2018, trouve ses racines dans cette vision d'une République défaillante [49].

« Nouvel antisémitisme » ?

L'idée, défendue depuis 2002 par Pierre-André Taguieff [50], selon laquelle l'antisémitisme a changé de nature en se parant des habits de l'antiracisme, c'est-à-dire en prenant la défense des Arabes et des musulmans, demande un examen rigoureux. Celui-ci exige de reconnaître – les enquêtes d'opinion sont convergentes – la prégnance de l'antisémitisme chez les musulmans. Chercher à en comprendre les causes ne revient, faut-il le préciser, aucunement à l'excuser. Or il semblerait que les répercussions du conflit israélo-palestinien soient largement à l'origine de l'augmentation des propos et des actes hostiles aux Juifs dans les milieux arabo-musulmans. Le soutien à la cause palestinienne, fervent parmi les jeunes générations, se traduit parfois par une assimilation douteuse du Juif à l'Israélien et il est interprété, non sans raison, comme une remise en cause du droit à l'existence d'Israël. L'antisionisme radical ne se distingue guère alors de l'antisémitisme. La confusion entre les deux registres alimente ainsi la thèse d'un *nouvel antisémitisme*, dissimulé sous les habits de l'antiracisme, que véhiculeraient prioritairement les musulmans (et la gauche radicale).

Or l'hypothèse d'un antisémitisme *spécifiquement* musulman, c'est-à-dire mobilisant des passions haineuses qui n'auraient pas déjà été utilisées contre les Juifs, depuis l'antijudaïsme chrétien jusqu'à l'antisémitisme racial contemporain, sert à justifier en retour une politique de surveillance à l'égard des populations qui y succomberaient. Politique au sein de laquelle la référence à la laïcité occupe une place privilégiée dans la mesure où elle se présente comme le meilleur moyen de lutter à la fois contre le port du voile et la suspicion de radicalisation. Il s'agit donc, avant tout, de combattre une volonté organisée d'affaiblir nos institutions. Mais, outre l'inadéquation des moyens aux objectifs affichés, ce soupçon conduit trop souvent à ranger dans la même catégorie ce qui doit être distingué, une affirmation identitaire d'un côté, un réel risque de terrorisme de l'autre. Bien qu'ils s'en défendent, ceux qui consentent à cette confusion alimentent la crainte mortifère que derrière tout musulman se cache un islamiste, voire un terroriste.

La réponse au défi posé par l'antisémitism*e des* musulmans ne doit consister ni à essentialiser des populations entières, ni à imaginer qu'un principe puisse suffire à nous immuniser contre le danger terroriste [51]. Le combat contre l'antisémitisme se divise d'autant moins que les enquêtes (notamment celles de la Commission nationale consultative des droits de l'homme, CNCDH) montrent que les stéréotypes judéophobes s'accompagnent le plus souvent d'une image négative de l'islam et, plus généralement, d'opinions hostiles aux minorités, quelles qu'elles soient. Partout où le nationalisme progresse, que l'immigration arabe ou musulmane soit ou non présente, la haine des Juifs est réactivée et emprunte des chemins balisés.

Ce qui doit donc nous alerter (sans que cette forme puisse être attribuée exclusivement aux musulmans) est la progression d'une sorte d'*antisémitisme vertueux* (selon l'expression proposée par

Eva Illouz) qui se distingue de celui de l'extrême droite en tant qu'incarnation, dans sa haine de l'Israélien (et non, explicitement, du Juif), de la moralité [52]. Pour être *vertueux*, l'antisémitisme doit être *dénégatif*. L'élucidation de ce mécanisme exige réflexion.

Dans un texte assez récent, Balázs Berkovits pose une question inattendue mais heuristique au regard des transformations contemporaines de l'antisémitisme [53] : « De quelle couleur sont les Juifs [54] ? » Sous l'influence de la théorie critique de la race (*critical race theory*) et des études sur la « blanchité » (*critical whiteness theory*), le blanc n'est plus vraiment une couleur que l'œil perçoit : c'est un concept historique. Dès lors, des personnes ou des groupes peuvent devenir blancs. Ce serait le cas des Juifs américains, en raison de la diminution de la discrimination à leur encontre depuis la fin de la Seconde Guerre mondiale. Leur statut de minorité, susceptible donc d'être victime de racisme, est effacé. Les Juifs étant tenus pour des oppresseurs potentiels, les caractéristiques particulières de l'antisémitisme sont invisibilisées.

Cette tentative d'effacement illustre la difficulté à penser l'antisémitisme dans le cadre classique de l'opposition dominant/dominé. Difficulté qui ne peut être (artificiellement) surmontée qu'en rangeant les Juifs dans la catégorie des dominants, notamment en leur prêtant, trope antisémite classique, une influence souterraine et/ou en soulignant leur surreprésentation dans les positions dominantes. La « thèse », assez prégnante, du « philosémitisme d'État », défendue notamment par le Parti des indigènes de la République (PIR), souligne la protection dont ils bénéficieraient grâce à leur puissance financière. Cette opération, outre la paresse de l'analyse, alimente l'idée, essentialiste, d'une nature conspirationniste des Juifs, lesquels obéiraient à une sorte d'impératif caractériel de conspirer, dont ils n'auraient pas nécessairement conscience : le Juif n'existerait pas comme individu, mais comme une cellule d'un organisme plus large, tout entier orienté vers la conquête du pouvoir.

La blancheur, notons-le, est loin d'avoir la stabilité que lui prête le point de vue idéologique. Et il est possible d'interpréter l'existence juive comme une subversion des classifications raciales sommaires. Encore faut-il ne pas occulter, quand bien même les Juifs seraient devenus « blancs », la réalité historique de leur statut de minorité discriminée, lequel, hélas, n'appartient pas au passé. Il est préoccupant que cette occultation s'exprime parfois dans la grammaire de la justice sociale.

Ce phénomène emprunte bien des voies différentes. L'une d'elles mérite une attention particulière, en décrivant une « profonde rupture, après la

Shoah, entre les Juifs et les autres peuples racisés[55] », en suggérant que les Juifs ne sont pas des racisés comme les autres. Et s'ils ne sont pas comme les autres, c'est du fait du « sionisme ». Nonobstant le nombre considérable de Juifs critiques à l'égard de la politique israélienne, tout Juif serait un « sioniste » potentiel[56], autrement dit un ennemi du genre humain, comme autrefois le « Juif vague » chez Drumont[57]. Houria Bouteldja, alors présidente du PIR, affirme en 2015 à Oslo que les Juifs de France, et pas seulement les « sionistes », sont les porte-parole, les « goumiers » de l'Occident qui « protègent l'infrastructure raciale de l'État-nation », qui « protègent le corps blanc ». Dès lors, « les Juifs, parce que très majoritairement annexés par le mouvement sioniste au projet israélien », sont complices des crimes d'Israël[58]. La stratégie d'euphémisation, liée au discrédit de la notion de race, rendrait l'antisémitisme respectable : il ne serait qu'une réaction à la politique israélienne à l'égard des Palestiniens. Aussi, les lexiques, celui de l'anticolonialisme et celui de l'antisémitisme, se confondent-ils, tant il est parfois difficile de discerner ce qui relève de la condamnation (justifiée) de la politique de colonisation israélienne de ce qui n'est guère différent d'une volonté d'extermination, Israël incarnant, pour certains militants décoloniaux, la dynamique écocide du capital, et la résistance palestinienne représentant le combat contre ce crime [59]. Poser un signe d'égalité entre Israël et le nazisme constitue en réalité un acte d'annulation de notre conscience historique.

On doit en outre souligner cette tendance de l'analyse décoloniale à essentialiser des catégories, telles que colonisateur/colonisé, c'est-à-dire à criminaliser des peuples au mépris des clivages de classe [60]. Sans doute, nombreux, parmi ses partisans, sont ceux qui ont ignoré l'avertissement d'Albert Camus : « Aussitôt que la révolte, oublieuse de ses généreuses origines, se laisse contaminer par le ressentiment, elle nie la vie, court à la destruction, et fait se lever la cohorte ricanante de ces petits rebelles, graine d'esclaves, qui finissent par s'offrir, aujourd'hui, sur tous les marchés d'Europe, à n'importe quelle servitude. Elle n'est plus révolte ni révolution mais rancune et tyrannie [61]. »

Dans une autre veine, mais appartenant au même univers mental, il est couramment reproché aux Juifs d'instrumentaliser la Shoah pour, au regard de cette dernière, relativiser la gravité d'autres massacres de masse [62]. Face à cette supposée instrumentalisation, certains intellectuels préconisent de diluer la lutte contre l'antisémitisme dans le combat antiraciste, jusqu'à nier la nécessité de cette lutte [63].

Il s'agit pourtant, afin d'éviter la concurrence victimaire, d'analyser la Shoah non comme un instrument d'occultation, de mise à part, mais comme la matrice de compréhension de la souffrance des autres, autrement dit faire du génocide des Juifs un schéma de compréhension d'autres événements, passés, présents ou récents, et ainsi pressentir des configurations naissantes. La position contraire, celle de la compétition entre victimes, nous enferme dans une opposition délétère entre « ceux qui, peut-être, pleurent trop abondamment sur des malheurs trop anciens et s'abstiennent de pleurer sur des malheurs plus actuels, et ceux qui, au contraire tournent la page de ces malheurs anciens et militent contre ceux d'aujourd'hui [64] ». Militantisme au demeurant à géométrie variable car mettre légitimement l'accent sur les souffrances de la population de Gaza serait plus audible et moins équivoque si la mobilisation contre les massacres commis, entre autres exemples, par le gouvernement syrien sur sa propre population, ou ceux de la Chine contre les Ouïghours, avaient soulevé la même indignation. Faudrait-il comprendre que, pour certains, le malheur des musulmans n'est digne d'intérêt que lorsqu'il est causé par Israël [65] ?

La conséquence majeure de l'assimilation des Juifs à la blanchité est, en définitive, de dissimuler l'antisémitisme sous la critique de la domination blanche et, comme le remarque David Schraub, de « ne pas considérer les Juifs comme un cas d'identité marginalisée [66] ». À tel point qu'il est devenu difficile de combattre un antisémitisme qui se justifie par la haine des dominants [67]. On ne peut que rejoindre Balázs Berkovits lorsqu'il note que « la judéité fonctionne comme un amplificateur du concept de blanchité : plus on l'applique aux Juifs, plus ces derniers sont exclus du groupe des minorités jugées pertinentes dans les études critiques sur le racisme et la théorie intersectionnelle [68] ». Effectivement, depuis l'attaque du Hamas, le 7 octobre 2023, cette analyse est confirmée par de nombreux discours relativisant l'existence de l'antisémitisme ou, du moins, le minimisant en contestant les chiffres ou parfois le caractère antisémite de l'acte. La banalisation de l'antisémitisme quotidien doit être considérée comme le premier moment de sa négation : comment combattre un phénomène que l'on ne parvient pas à nommer ? L'antisémitisme dénégatif, autrement dit l'antisémitisme de celui qui ne s'avoue pas comme tel, est désormais une figure idéologique prégnante, tout particulièrement au sein de la gauche radicale. Il n'est pas très éloigné de ce que Maurice Blanchot, dans une lettre écrite en 1969, avait décrit comme un antisémitisme de l'*ignorance* [69]. Celui-ci rend possible celui-là. Si *nouvel antisémitisme* il y a, c'est à notre sens ce qui le caractérise. Car il tient sa force de l'existence de la Shoah et du désir de la nier. Dans *Welcome in Vienna*, un film d'Axel Corti, un Juif rescapé du génocide dit : « Ils ne nous pardonneront pas le mal qu'ils nous ont fait [70]. » Le débat sur la qualification de l'action d'Israël à Gaza est, en effet, largement hypothéqué par le désir de diaboliser l'ensemble des Israéliens, c'est-à-dire, en réalité, les Juifs. Aussi légitime soit la discussion sur l'existence d'un génocide, il est permis de se demander pourquoi, alors que les crimes de guerre sont incontestables, et les crimes contre l'humanité fort probables, l'accusation de crime génocidaire est-elle systématiquement privilégiée. La réponse est hélas fort simple : dans les représentations collectives, le génocide renvoyant surtout à celui commis par les nazis contre les Juifs, la culpabilité de ceux qui l'ont permis est considérablement amoindrie si les victimes d'alors se comportent comme leurs bourreaux [71].

La prégnance dans l'opinion publique de tels schémas rend l'antisémitisme quasiment avouable. La mémoire de la Shoah ne suffit plus à protéger les Juifs de France. On doit, à cette aune, mesurer la tentation de repli identitaire chez certains d'entre eux, dont l'une des conséquences est la relativisation de l'antisémitisme d'extrême droite dont rien, pourtant, ne corrobore l'extinction, tant il semble constitutif du socle idéologique des héritiers de Vichy. Corrélativement, l'insistance sur l'*antisémitisme musulman*, en justifiant la stratégie du soupçon à l'égard d'une partie de la population, constitue un péril grave pour les libertés, donc pour la démocratie.

Éviter la concurrence victimaire, à laquelle nous avons fait allusion plus haut, implique de mettre l'accent sur les causes communes plutôt que sur les indignations singulières. Mais cette exigence ne peut être remplie qu'au prix de la lucidité. Comment lutter contre le racisme en exonérant ceux qui affirment le combattre de leur responsabilité dans sa perpétuation ? Responsabilité qui tient tout entière dans ce syllogisme honteux, « selon lequel les immigrés étant en majeure partie musulmans et les musulmans antisémites, il est bon de cultiver au mieux l'ambiguïté, au pire l'antisémitisme ». Syllogisme qui nuit à tous : « À la société occidentale, menacée de fragmentation par la logique identitaire, aux Juifs car il attise la haine, aux musulmans qui sont tous assignés à une identité antisémite[72]. » Il est utile de rappeler ce qu'Albert Memmi, dans *Juifs et Arabes*, écrivait, il y a cinquante ans déjà : « Il est trop commode de susciter un ennemi unique, quasi mythique, en face duquel on peut poser une unité illusoire[73]. »

C'est, nous semble-t-il, une description correcte de l'état présent de la société française, une société au sein de laquelle la valeur du pluralisme est contestée. Or la laïcité, en tant qu'expression du principe universel d'égalité et de neutralité entre les croyances et les confessions, est la condition institutionnelle de leur coexistence pacifique. Ce qui signifie que l'État laïque doit assurer les conditions concrètes du pluralisme. Car, on a tendance à l'oublier, la neutralité doit s'accompagner d'une attitude libérale à l'égard des croyances (au sens large, qui inclut opinions religieuses ou antireligieuses). Les indices de l'affaiblissement de cette exigence sont suffisamment nombreux pour que nous considérions le pluralisme en péril.

Chapitre 4

Le pluralisme en péril

La neutralité religieuse de l'État est la condition nécessaire pour que les individus en soient dispensés, pour que, de cette neutralité, leur totale liberté de conscience soit gagnante. Un récent sondage confirme que c'est bien ainsi que les jeunes (de 18 à 30 ans) comprennent la laïcité : comme un moyen d'assurer la liberté de conscience et non comme une attitude d'hostilité à l'égard des religions (pour 67 % d'entre eux) [1].

Ce n'est pas, hélas, de cette façon que, depuis les attentats de 2015, les différents gouvernements la conçoivent : devenue objet de communication politique, elle est supposée, notamment par l'instauration de rituels de deuil à l'école, donner l'image d'une nation unie, rassemblée dans la condamnation de ce qui la menace [2]. On se souvient que lors de son discours d'hommage aux victimes prononcé le 27 novembre dans la cour des

Invalides, François Hollande, alors président de la République, a placé l'« attachement à la laïcité » au cœur de sa définition de « l'idée même de la France », aux côtés d'« une appartenance à la nation ». La laïcité devient alors officiellement une arme, voire l'arme principale, au service de la liberté. Sa sacralisation corrélative rend, conséquence fortement paradoxale, la dispute à son sujet quasiment blasphématoire. Plus gravement, elle amoindrit la vigilance citoyenne vis-à-vis du soupçon qui désigne une partie de la population comme potentiellement hostile.

La stratégie du soupçon

La lutte contre le terrorisme islamiste peut-elle être efficacement conduite en renforçant, par l'intermédiaire de la laïcité, le sentiment d'appartenance ? S'il est louable de vouloir « faire revenir la République à l'école » (titre du rapport du 1er juillet 2015, signé du sénateur LR du Doubs Jacques Grosperrin), peut-être faudrait-il, avant tout, prendre les mesures qui, fondées sur la persistance des discriminations, permettraient d'en diminuer l'impact, et renforceraient dès lors le sentiment de participer au destin du pays. Ce n'est pas le choix des pouvoirs publics : le recours incantatoire à la vertu de laïcité est supposé donner à l'école les moyens de lutter contre l'ennemi de l'intérieur [3]. Celui qui émet des réserves sur la manière d'en appeler à la communion nationale est soupçonné de duplicité, voire de complicité avec le terrorisme. Pourtant, comment faire laïcité sans mixité ? Comment faire une république *sociale* sans considérer ce qui l'empêche de l'être vraiment ?

Ce soupçon joue, en réalité, contre la cause qu'il est supposé servir : il accroît les risques de constitution d'une contre-société fondée sur la référence à l'islam. Là encore, la prophétie autoréalisatrice (on fait advenir ce que l'on redoute) contribue à exclure de la « communauté des citoyens » ceux qui sont supposés nourrir des intentions séparatistes. Il est paradoxal qu'un principe qui vise à organiser la coexistence des libertés soit devenu un motif de discrimination d'une religion, l'islam, et, au-delà, de stigmatisation du religieux en général. Difficile alors d'espérer que l'islam puisse emprunter les « voies heureuses de la foi tolérante [4] ».

Pour des raisons historiques évidentes, il existe dans la pratique une hiérarchie entre les différentes confessions religieuses, dont découle un traitement différencié. Ce principe hiérarchique est non seulement ethnocentré, mais il tend à confondre les productions culturelles éloignées de celles de la majorité avec des manifestations de type religieux, étendant ainsi à l'excès le champ de la religion. Cette dernière fonctionne alors comme un opérateur de déclassement, une catégorie d'interprétation de l'autre. La norme majoritaire constitue en hétérogénéité ce qui n'en relève pas. Phénomène d'autant plus répandu que les sociétés occidentales, au fur et à mesure de leur sécularisation, se représentent les autres sociétés comme entièrement dominées par la religion.

De surcroît, s'agissant de l'islam, force est de constater qu'il n'a pas bénéficié des avantages légaux accordés par la laïcité. Jusqu'à peu, il n'était pas possible d'invoquer la loi de 1905 sur les associations cultuelles : elle aurait permis de reconnaître à celles se réclamant de la religion musulmane un statut d'utilité publique et de bénéficier ainsi d'allégements fiscaux. Et, surtout, l'islam n'a pas bénéficié de la loi de 1959 (dite loi Debré) sur l'enseignement libre, si bien que des écoles privées musulmanes n'ont pu durablement être ouvertes. Si les choses ont évolué, il n'en reste pas moins que différentes lois ont depuis lors cherché à restreindre l'ouverture de ces établissements et accru les contrôles sur ceux-ci (loi Gatel du 13 avril 2018, loi Blanquer pour une école de la confiance du 26 juillet 2019). Un épisode significatif est la suppression du contrat d'association du lycée Averroès [5], alors qu'au même moment, aucune mesure n'était prise à propos des actes et propos homophobes, xénophobes et misogynes que l'institution catholique Stanislas ne sanctionne pas, voire encourage[6].

L'esprit de la déclaration d'Emmanuel Macron, alors ministre de l'Économie et des Finances, en juillet 2016, semble totalement oublié : « Je ne crois pas pour ma part qu'il faille inventer de nouveaux textes, de nouvelles lois, de nouvelles normes pour aller traquer, dans les sorties scolaires, celles et ceux qui peuvent avoir des signes religieux. Ça, c'est l'erreur à ne pas faire ! Ce combat, ce n'est pas un combat de la laïcité, contre une religion, puisqu'il faut la nommer, l'islam. Ça n'aurait aucun sens, ce serait une erreur fondamentale[7] ! » Pourtant, le mouvement qui, depuis le début des années 2000, consiste à corréler la laïcité non à la liberté d'expression en matière de foi, mais à l'encadrement de la visibilité du religieux dans l'espace public, a pris de l'ampleur et semble désormais une composante d'un ordre politico-moral interdisant tout débat quant aux fondements des prescriptions légales.

Sous prétexte de « communautarisme », terme au demeurant assez rarement défini (son entrée dans le *Petit Robert* date seulement de 2005), et qui fonctionne surtout comme un opérateur d'illégitimation, il a été prêté à certains groupes, nous l'avons évoqué plus haut, une volonté séparatiste. L'école est supposée être la cible privilégiée de ceux « qui veulent imposer un communautarisme social et politique [8] » : il faut donc mettre en place en son sein une politique néoconservatrice supposée « redresser » l'école en dressant les élèves.

On ne peut pourtant pas considérer comme communautaristes le fait de constituer des réseaux d'entraide, ni même le souhait de voir acceptées certaines pratiques spécifiques : tout ceci relève de comportements normaux pour les groupes religieux ou culturels minoritaires. En revanche, il va de soi que la volonté de se soustraire au droit commun, réellement constitutive du communautarisme, est inacceptable. Cette volonté, bien qu'épiphénoménale en France, a servi de prétexte pour justifier une loi contre le séparatisme (significativement baptisée loi de « renforcement des principes de la République »).

C'est également dans la perspective de construction du soupçon qu'il convient d'interpréter l'accusation d'« islamogauchisme », réactualisée en février 2021 par la ministre de l'Enseignement supérieur et de la Recherche, au point de l'inciter à demander une enquête au CNRS sur l'influence exercée dans nos universités par une configuration idéologique faite de la convergence entre des thèmes ou des groupes islamiques et l'extrême gauche. En réalité, cette influence n'est guère manifeste ailleurs qu'au sein du Parti des indigènes de la République (PIR) créé en 2010 (une association, fondée en 2005, l'avait précédé), composé de quelques dizaines de personnes, et sans insertion universitaire, ayant suscité (et suscitant encore), nonobstant son antisémitisme, une certaine complaisance dans une partie de la gauche radicale. D'ailleurs, d'enquête il n'y eut point, tant sa nécessité apparut rapidement douteuse.

Dans un communiqué vigoureux, le CNRS n'a pas manqué de condamner avec fermeté celles et ceux qui tentent de profiter de l'accusation pour remettre en cause la liberté académique. Il étend sa condamnation « aux tentatives de délégitimation de différents champs de la recherche, comme les études postcoloniales, les études intersectionnelles ou les travaux sur le terme de “race”, ou tout autre champ de la connaissance [9] ». On notera, pour s'en amuser, que Jean-Michel Blanquer, alors ministre de l'Éducation nationale, recommandera de lire (le jour de la rentrée scolaire 2020), afin de repousser les démons de l'islamogauchisme, la fameuse lettre de Jaurès aux instituteurs et aux institutrices (dans une version expurgée de la critique vis-à-vis d'un système dans lequel « les examens à tous les degrés suppriment l'initiative du maître »). Le ministre semblait ignorer le contenu de ce que Jaurès écrivait, en réaction aux massacres commis par la France au Maroc en 1912 : « Ce qui est sûr aussi, c'est que le retentissement tragique de ces massacres, à l'heure même où cent millions de musulmans s'indignent et s'exaspèrent, va donner à la France, dans le vaste monde de l'Islam, un autre renom que celui que nous, mauvais Français, nous avions rêvé pour elle. La politique de rapine et de conquête produit ses effets. De l'invasion à la révolte, de l'émeute à la répression, du mensonge à la traîtrise, c'est un cercle de civilisation qui s'élargit. [...] Si les violences du Maroc et de Tripolitaine achèvent d'exaspérer, en Turquie et dans le monde, la fibre blessée des musulmans, si l'Islam un jour répond par un fanatisme farouche et une vaste révolte à l'universelle agression, qui pourra s'étonner ? Qui aura le droit de s'indigner [10] ? »

Jaurès, indignement mobilisé par les héritiers de ceux qu'il avait combattus, toutes choses égales par ailleurs, les qualifiait, de façon prémonitoire (nous sommes dans les années 1880), de « bourgeois au républicanisme conservateur ». Il ajoutait : « Tant qu'ils se sont crus les maîtres définitifs de la République et de l'école, ils se sont servis de l'enseignement pour leurs desseins bornés [11]. » Ce sévère jugement pourrait avoir été écrit aujourd'hui. Il illustre une tension, toujours vive, entre « modèle républicain et modèle démocratique, tension fondatrice de l'édification de la République, mais à l'origine aussi de son trouble [12] ». Trouble qui, hélas, perdure, tant sont nombreux les responsables politiques qui, ignorants de notre tradition, celle que Jaurès incarne magnifiquement, entretiennent, pour servir leur intérêt particulier, les haines identitaires.

Une fois le soufflet de l'islamogauchisme retombé, la querelle a été ranimée autour d'un supposé « wokisme » (du terme anglais *woke*, c'est-à-dire « éveillé », qui désigne ceux qui se veulent attentifs aux injustices et inégalités raciales). Il est pourtant permis de décrire l'antiwokisme comme le dernier avatar de l'engagement d'intellectuels, de politiques et de journalistes dans des combats conservateurs prétendument menés au nom de la République et de la laïcité [13]. L'usage de la mise à l'index pour dénoncer de supposés ennemis intérieurs n'est pas sans rappeler les discours des temps de guerre. Le procédé est d'autant plus efficace que l'ennemi désigné est évanescent. En réalité, la critique dite « républicaine » du wokisme se montre incapable de saisir deux évolutions majeures du racisme : la progression d'un culturalisme différentialiste suspectant a priori certaines populations d'être incapables d'accepter les principes de la République (au point de mettre en cause l'intégrité de la Nation) et l'institutionnalisation du racisme, laquelle, en dépit des cris d'orfraie de quelques polémistes professionnels, rend légitime le concept de *racisme institutionnel*[14].

Le racisme étant incompatible avec les principes républicains, l'hostilité à la manifestation de signes religieux ostensibles (hostilité qui ne se limite pas au domaine scolaire) a dû utiliser un vocabulaire acceptable. Opération, nous l'avons souligné, de reconfiguration en un discours (en apparence) progressiste, dont le résultat, aux effets durables, est l'altérisation du musulman et, plus globalement, de l'Arabe[15].

Fascination pour l'homogénéité

Au-delà de l'opprobre sur l'islam, il faut s'inquiéter de la manière dont les musulmans vivent le soupçon dont ils sont victimes. Une enquête témoigne concrètement du malaise de cette catégorie de population. Conduite par Olivier Esteves, Alice Picard et Julien Talpin[16], elle s'appuie sur un échantillon quantitatif de plus de 1 000 personnes de culture ou de confession musulmane et 140 entretiens approfondis (dont 50 % d'entre eux ont un niveau de bac +5 au moins) qui, tous, ont quitté la France[17]. Ce malaise procède d'un effet d'accumulation, plus intensément ressenti depuis 2015. Les enquêtés évoquent « la percée du vocabulaire d'extrême droite dans le débat public – "grand remplacement", "séparatisme", "zones de non-France" –, l'omniprésence des discours antimusulmans dans certains médias, principalement les chaînes d'information en continu ; en 2021, la loi "séparatisme" ; la même année, la "chasse aux islamo-gauchistes" dans les universités ; la dissolution, en 2020, du Collectif contre l'islamophobie en France ; les polémiques à répétition sur le port du voile ou le burkini ; à la rentrée 2023, l'interdiction de l'abaya et du qamis dans les établissements scolaires ; les fermetures de mosquées ; la disparition, à leurs yeux, de la lutte contre les discriminations des "radars des politiques" ; l'interdiction par la Fédération française de football des pauses lors des matchs pour rompre le jeûne pendant le ramadan ; les attaques, en décembre 2023, contre l'établissement scolaire Averroès, l'un des rares établissements privés musulmans sous contrat de France [18]… ». Ces diplômés, nés et ayant grandi en France, ont, pour nombre d'entre eux, décidé de chercher à l'étranger la reconnaissance de leurs compétences. La France ne les aime pas, donc ils la quittent, espérant trouver à l'étranger une vie plus digne. On peut comprendre ce sentiment en observant le traitement médiatique des manifestations de révolte contre le sort réservé à certains groupes minoritaires : lorsque l'on parle d'« émeutes ethniques », on désigne, plus ou moins explicitement, une partie de la population par ses origines, et, dès lors, on établit un lien entre ces origines (l'ethnie, en réalité la « race ») et les conduites observées [19].

Tristes conséquences d'une rhétorique islamophobe que l'on distille au nom de la lucidité et du courage politiques. Pourtant, comme l'écrit, avec émotion et dignité, Jean-François Bour, un prêtre dominicain spécialisé dans les relations avec l'islam, « ils sont présents dans tous les métiers, arrivés récemment en France ou de quatrième génération : ce sont nos médecins, nos infirmières, nos ingénieurs, nos étudiants, nos aides à domicile… Ils ont leurs passions et leurs loisirs, comme tous les Français, et s'affrontent, comme chacun, à la fatigue du combat quotidien. Alors, gardons l'esprit clair : ils sont la France eux aussi. Ils font la France aujourd'hui ». Et il avertit lucidement : « Personne ne sortira grandi d'une dérive revancharde qui autorise les passions tristes à traquer un bouc émissaire. » [20]

Il semblerait que sur ce sujet, comme sur quelques autres (dont celui de l'évaluation dans le temps du niveau scolaire), il y ait un langage rentable et un autre qui le serait moins : « Le langage rentable, au succès assuré, est celui du catastrophisme. Il est confortable, ne demande pas de se casser la tête en enquêtes, contre-enquêtes, doutes et vérifications, et n'attire que des éloges empressés. Le langage non rentable ou – restons optimistes – moins rentable est celui de la nuance qui consiste à ne pas donner à un public exactement ce qui correspond à son attente [21]. » Nous l'avons dit plus haut, les « élites », hélas, ne combattent guère ces a priori. Comment alors ne pas partager le jugement d'Étienne Balibar selon lequel la laïcité « doit servir à l'*assimilation* des populations d'origine étrangère (ce qui veut dire : coloniale et postcoloniale), toujours encore susceptibles, de par leurs croyances religieuses, de constituer un “corps étranger” au sein de la nation [22] » ? Existe-t-il une (bonne) raison de penser que la supposée « identité nationale » française aurait cet extraordinaire privilège de coïncider avec l'universel, ce qui nous affranchirait de l'effort d'ouverture à l'altérité de l'autre ?

Tous les principes en vigueur dans une société ne sont pas neutres et universels. Ils reproduisent le plus souvent les valeurs et les normes de la culture majoritaire. Il est aisé de repérer dans les infléchissements contemporains du républicanisme français une propension à un communautarisme d'un certain type qui chercherait à faire prévaloir en France la représentation d'une communauté culturellement et linguistiquement homogénéisée, donc débarrassée de sa diversité. « Républicanisme » profondément antilibéral car se donnant l'illusion de l'universalité par l'uniformité symbolique. Si bien que les engagements citoyens pour lutter contre les discriminations ou réclamer l'égalité sont en France trop souvent considérés comme l'expression d'un ressentiment, voire d'une hostilité à la nation, dès l'instant où ils proviennent des minorités non blanches. Manière de refuser d'admettre que la France ne se réduit pas à ses frontières européennes et indice puissant de ce que Stuart Hall a nommé *fondamentalisme racial*[23].

Cette tendance à la valorisation de l'homogénéité, notamment religieuse, n'est aucunement nouvelle. La gestion de la diversité ne s'est jamais vraiment départie de la fascination pour l'homogénéité. Cette dernière est particulièrement vive dans les sociétés catholiques, hantées par la crainte du schisme. On peut interpréter en ces termes la révocation de l'édit de Nantes (1685), seulement quatre-vingt-sept années après son adoption[24]. Mais aussi la politique de déchristianisation menée sous la Révolution, plus particulièrement sous la Terreur. Cette dernière fut en quelque sorte un 1685 inversé. De nombreux intellectuels réactionnaires ont recherché, par la dénonciation de complots divers (juif, protestant, maçonnique), l'homogénéité catholique perdue[25].

Face à la progression de l'islamisme et d'un islam rigoriste et intolérant, progression dont on peut légitimement craindre qu'elle ne menace la cohésion sociale, une conception identitaire de la laïcité est « la négation des principes, des idéaux et des exigences laïques [26] ». Dans sa version dominante, la laïcité apparaît désormais comme « le nouveau visage du nationalisme [27] », « la République du même [28] ». « République du même » qui entretient des affinités électives, apparemment paradoxales, avec le différentialisme communautariste. Comment mieux exprimer ce qui est au cœur de notre réflexion : l'impossibilité de penser la différence autrement que sur le mode d'un idéal d'homogénéisation ?

Dans cette funeste république, nous entendons « un bruit de fond politique et médiatique obsédant où le seul mot "islam" charrie un flot ininterrompu d'accusations ouvertes ou implicites, où "les musulmans" sont toujours associés à une menace, toujours et uniquement présentés comme un problème [29] ». Certes, la crainte du terrorisme islamiste est réelle, « mais que cela change-t-il pour la musulmane ou le musulman lambda, aussi horrifiés que n'importe qui par les attentats et aussi effrayés à l'idée que cela peut recommencer [30] ? ». Les musulmans, sommés de s'excuser pour les violences terroristes commises au nom de l'islam, sont ainsi réduits à une essence menaçante.

Nous devons refuser le choix auquel nous serions contraints : d'une part, le national-républicanisme et son souci de préserver l'unité de la nation et, d'autre part, la défense exclusive des droits des minorités au mépris de l'oubli des principes universalisables de la République. Le dépassement de cette opposition passe par le recours aux ressources théoriques et pratiques du républicanisme *critique*, entendu comme la pensée de celles et ceux qui, au nom de la liberté comme non-domination, rejettent l'identification du citoyen rationnel au citoyen mâle, qui reconnaissent à toutes et tous la capacité à penser librement, et refusent la pratique et la justification de la colonisation au nom d'une « mission civilisatrice » destinée à répandre les idéaux républicains [31]. Dans une démocratie, l'exercice de la citoyenneté inclut la possibilité de désobéir.

Désobéissance civile et démocratie

Le respect de la loi est suspendu à l'examen de sa légitimité. Juger qu'une prescription légale n'est pas conforme aux principes fondamentaux de l'État de droit ne vaut pas appel à l'insurrection. Un républicain libéral comme Ronald Dworkin, philosophe du droit, de la politique et de l'éthique, a fermement défendu la désobéissance civile au nom de la primauté des droits fondamentaux sur le droit positif[32]. En opposition au positivisme juridique, il affirme l'existence de valeurs au nom desquelles il est possible de dénoncer des lois injustes. C'est au nom de ces valeurs qu'il prendra position durant la guerre du Vietnam en faveur de la désobéissance civile. Il savait parfaitement qu'il heurtait le sens juridique commun en estimant que « nous avons une responsabilité envers ceux qui désobéissent aux lois sur la conscription pour des motifs de conscience[33] ». Il est en effet erroné de confondre la désobéissance civile fondée sur un cas de conscience avec le refus de toute loi émanant de l'État. Un citoyen n'agit pas injustement en se conformant à sa propre interprétation du droit dans les cas où celui-ci apparaît incertain. Ronald Dworkin parle alors de l'« exigence du respect de la dissidence[34] », notamment parce que la société subit une perte incommensurable en punissant de façon trop radicale ses citoyens les plus loyaux et les plus respectueux. La dissidence apparaît ainsi comme « un phénomène qui permet au système juridique démocratique de se révéler à lui-même, car elle le met dans l'attitude interprétative d'une communauté qui réalise en son sein la justice[35] ».

Sa défense est une cinglante réponse aux arguments des conservateurs, lesquels redoutent l'effet de contagion de toute forme de tolérance à l'égard des entorses à l'ordre public. Les principes dont Ronald Dworkin se réclame, tout particulièrement le droit à l'égalité de respect et d'attention, autorisent donc, s'ils sont négligés, à enfreindre la loi en vigueur. C'est d'ailleurs pourquoi il est favorable aux actions compensatoires : être traité comme un égal n'implique pas nécessairement un traitement égal, lequel ignorerait la situation historique de certaines minorités (au sens politique de ce terme, les femmes pouvant être décrites, en ce sens, comme minorité). L'action compensatoire ne peut être une simple compensation des injustices structurelles. Elle doit être au principe d'une philosophie soucieuse de déconstruire les mécanismes de la hiérarchisation sociale (et donc d'interroger les notions d'élite et de mérite), perspective récemment explorée par Bruno Perreau [36].

Quoi qu'il en soit, une laïcité bien comprise devrait être consciente de ses présupposés historiques et culturels. Ces présupposés se manifestent plus nettement lorsque l'on procède à une étude comparative. Le premier enseignement est le suivant : le régime français de laïcité est l'une des modalités d'un processus commun, fondateur de la modernité européenne, qu'il est commun d'appeler *sécularisme*. Bien entendu, le processus ne se déroule pas partout de la même façon. En

France, nous l'avons évoqué, l'idée d'émancipation par la raison s'accompagne, bien que la loi de 1905 soit un texte de pacification, d'une méfiance vis-à-vis de la religion, non seulement en tant qu'institution mais aussi en tant que système de croyances fondé sur le refus de l'autonomie individuelle. Cette méfiance ne se rencontre ni au Royaume-Uni ni en Allemagne, pays dans lesquels la religion a perdu progressivement une part de son influence, sans conflit ouvert entre le pouvoir temporel et le pouvoir spirituel. Il n'en demeure pas moins que dans un pays où le monarque est le chef de l'Église anglicane, le pluralisme religieux, l'égale citoyenneté et la non-discrimination sont des principes fondamentaux consacrés, dès 1688, dans le *Toleration Act*, et encore, en 2010, dans l'*Equality Act*. En revanche, le sécularisme français conserve de son histoire conflictuelle avec l'Église une difficulté consistante à accepter la visibilité d'autres religions que la catholique romaine.

Il convient donc de s'arrêter un instant sur l'exemple britannique, souvent invoqué comme une sorte de contre-modèle dont il faudrait se tenir éloigné. L'intérêt de l'exemple est de montrer que le républicanisme peut s'entendre en des sens bien différents. Une partie du débat concerne la délicate question de la neutralité.

Neutralité ?

On peut, en effet, à l'instar, entre autres, de Philip Pettit, Jean-Fabien Spitz ou de Cécile Laborde, défendre un républicanisme *critique*, très éloigné du républicanisme dominant aujourd'hui en France. Dans *Français, encore un effort pour être républicains !* (2009), Cécile Laborde insistait sur la notion de *neutralité de statu quo*, expression qui renvoie à une position consistant à prendre la distribution actuelle des charges et avantages sociaux pour acquis, c'est-à-dire en l'espèce à refuser de considérer la façon dont la séparation a été mise en œuvre. Pour comprendre cette notion, on peut imaginer l'exemple suivant : deux enfants qui se disputent font appel à leur père pour intervenir. Si ce dernier refuse de le faire pour respecter un idéal de neutralité, c'est certainement l'enfant le plus fort qui l'emportera. En conséquence, la neutralité n'est pas un idéal à poursuivre pour obtenir une décision juste, une décision équitable.

En raison du privilège accordé à la liberté de conscience, à son inaliénabilité, l'État affirme son incompétence en matière de religion : il est neutre. Notons que, contrairement à ce qu'on dit parfois, la neutralité à laquelle l'État doit se soumettre est une neutralité *culturelle* et non une neutralité *axiologique* : aucun philosophe favorable à la neutralité n'exige de l'État qu'il soit neutre du point de vue de certaines valeurs, comme l'égalité et la liberté, valeurs que l'État peut légitimement promouvoir (par des politiques incitatives qui, par exemple, favoriseraient la fréquentation des musées et des salles de concert). La neutralité bien comprise n'est donc pas insipide [37].

Dans un semblable état d'esprit, alors qu'il était directeur de l'enseignement primaire sous Jules Ferry, Ferdinand Buisson espérait que vienne le temps où il serait possible de proposer un enseignement laïque consacré aux religions et aux civilisations : « Pour l'éducation d'un enfant qui doit devenir homme, il est bon qu'il ait été tour à tour mis en contact avec les strophes enflammées des prophètes d'Israël, avec les philosophes et les poètes grecs, qu'il ait connu et senti quelque chose de la cité antique. Il sera bon qu'on lui fasse connaître et sentir les plus belles pages de l'Évangile comme celles de Marc Aurèle, qu'il ait feuilleté comme Michelet toutes les Bibles de l'humanité [38]. » Depuis, les travaux des anthropologues (Émile Durkheim, certes sociologue mais auteur des *Formes élémentaires de la vie religieuse*, Marcel Mauss, Georges Dumézil, Claude Lévi-Strauss, Jean-Pierre Vernant, entre autres) ont contribué à attirer l'attention sur les rapports que toute société entretient avec ses mythes et sur les façons dont s'organise la séparation entre le profane et le sacré. Ils ont mis au jour le fonctionnement des structures symboliques propres à notre espèce, au-delà de la diversité empirique de leurs manifestations.

Dès lors, l'instituteur laïque doit avoir, selon Ferdinand Buisson, « le droit et le devoir de parler au cœur aussi bien qu'à l'esprit, de surveiller dans chaque enfant l'éducation de la conscience au moins à l'égal de toute autre partie de son enseignement. Et un tel rôle est incompatible avec l'affectation de la neutralité, ou de l'indifférence, ou du mutisme obligatoire sur toutes les questions d'ordre moral, philosophique et religieux ». En d'autres termes, la neutralité confessionnelle ne se confond pas avec la neutralité philosophique : « On pousserait le système à l'absurde si l'on prétendait demander au maître de ne pas prendre parti entre le bien et le mal, entre la morale du devoir et la morale du plaisir, entre le patriotisme et l'égoïsme, si on lui interdisait de faire appel aux sentiments généreux, aux émotions nobles, à toutes ces grandes et hautes idées morales que l'humanité se transmet sous des noms divers depuis quelque mille ans comme le patrimoine de la civilisation et du progrès [39]. »

On trouve, nul n'en sera surpris, de semblables accents chez Jaurès : réagissant, en 1908, à la campagne pour la « neutralité scolaire », il rappelle que cette dernière « ne pourrait pas, à moins d'aller jusqu'à la suppression de tout enseignement, retirer à la science moderne toute son âme de liberté et de hardiesse [40] ». Peut-on, précise-t-il, « concevoir que le maître, racontant les guerres de Religion [...], ne fasse pas valoir avec force la sublimité de la tolérance, le droit absolu de toutes les consciences, de toutes les intelligences humaines à interpréter librement l'univers [41] » ? Jaurès souligne précieusement à la fois l'absolue nécessité de la tolérance et son infinie difficulté. C'est pourquoi la conscience humaine ne s'élevant que « lentement, douloureusement, à certains sommets, il convient à l'historien, à l'éducateur, d'être indulgent à ceux qui s'attardèrent dans des préjugés funestes, et de glorifier d'autant plus ceux qui eurent la force de gravir les sommets, de glorifier surtout la beauté même de l'idée ». Tâche dont on mesure l'extrême difficulté mais stimulante pour le maître, alors que « la neutralité, au contraire, serait comme une prime à la paresse de l'intelligence, un oreiller commode pour le sommeil de l'esprit » [42]. Jugement clairvoyant lorsque l'on examine, avec les enseignements de l'histoire de l'institution scolaire, à quoi a pu servir la référence à la neutralité : à imposer l'arbitraire culturel du groupe dominant [43]. Comme l'écrit François Dubet, il arrive que la violence de la défense « républicaine » de l'école

« cache mal la volonté d'exclure les publics de "barbares" qui déstabilisent trop l'institution[44] ».

Il existe pourtant, à n'en pas douter, une sorte de programme caché de l'école publique, lequel inculque des valeurs de tolérance et de civisme aux élèves par le simple fait de devoir jouer, travailler et collaborer avec des gens différents d'eux. Cette « intégration pluraliste », selon l'expression de Jeffrey Spinner-Halev, décrit le mécanisme par lequel la citoyenneté devient inclusive pour des populations traditionnellement exclues[45]. Une éducation inclusive ne se limite évidemment pas à l'école : l'Université, en tant qu'institution productrice de savoirs critiques, doit contribuer au démantèlement des préjugés, ce qui implique de tenir compte des situations concrètes de relégation et de discrimination[46].

Cette dimension inclusive est au fondement de la Charte de la laïcité à l'école (9 septembre 2013, alors que Vincent Peillon est ministre de l'Éducation nationale), dont l'article 2 rappelle la séparation, mais substitue à celle de l'Église et de l'État celle *des* religions et de l'État. C'est à la République laïque, est-il rappelé, d'*organiser* cette séparation, laquelle n'est donc pas seulement un principe mais également une pratique. D'ailleurs, l'article 15 (le dernier) est sans ambiguïté sur ce point : « Par leurs réflexions et leurs activités, les élèves contribuent à faire vivre la laïcité au sein de leur établissement. » Dans la mise en œuvre de la laïcité est ainsi posé un lien fort entre la République et l'école publique. L'un des articles de la charte, à notre sens, insuffisamment commenté, affirme qu'« aucun élève ne peut invoquer une conviction religieuse ou politique pour contester à un enseignant le droit de traiter une question au programme » (article 12). S'appliquant à tous et, dès lors, n'offrant aucun risque de stigmatisation d'une communauté religieuse, cet article aurait dû être un fondement suffisamment solide pour se passer de la chasse au voile. Certes, objectera-t-on, l'article 14 rappelle la loi du 15 mars 2004 (« Le port de signes ou tenues par lesquels les élèves manifestent ostensiblement une appartenance religieuse est interdit »), si bien que l'on est en droit de se demander lequel des deux articles doit prioritairement dicter l'attitude de l'institution. Mais une charte, sous l'égide du ministère, pouvait-elle ignorer ce rappel de la loi ? Rappel insuffisant, semble-t-il, puisqu'il a été jugé nécessaire de substituer à cette charte, en 2018, le vade-mecum intitulé « La laïcité à l'école », régulièrement réactualisé depuis.

On doit attendre du principe de laïcité qu'en tant que tel il ne véhicule pas une conception particulière du bien. Le risque serait alors sa substantialisation avec la conséquence indésirable, une forme de vie prescrite publiquement ayant une valeur plus grande que d'autres formes de vie, que l'État s'autorise à classer les modes d'existence et sacrifie ainsi les principes d'égalité et de liberté. Cela ne signifie pas, redisons-le, que l'État ait à se priver de faire appel à des valeurs intrinsèques comme, par exemple, l'égalité démocratique, le respect mutuel, la réciprocité, etc. Il est fondé à le faire à condition que celles-ci soient généralisables ou, du moins, à condition qu'elles ne puissent être raisonnablement rejetées. Cette position affirme qu'il existe des biens qui peuvent être reconnus comme partagés par les membres d'une société pluraliste, et que l'État est fondé à les protéger. On peut donc défendre simultanément la neutralité de l'État et un perfectionnisme modéré. Cette tentative de conciliation est « perfectionniste dans le sens où elle accorde une certaine place aux jugements de valeur dans la discussion publique, mais elle reste modeste dans le sens où elle ne défend aucun standard de valeur indépendant du jugement des individus [...] et qu'elle rejette la thèse affirmant la supériorité intrinsèque de certaines conceptions du bien (et des formes de vie qui leur sont associées) par rapport aux autres[47] ». En affirmant qu'il existe *des biens* qui peuvent être reconnus comme partagés par les membres d'une société pluraliste, et que ces biens *peuvent* être protégés par l'État, la conception perfectionniste modeste reste donc toujours une conception de la neutralité de l'État, ce dernier n'étant autorisé à agir de façon différente envers les membres de deux groupes A et B, « que s'il peut faire appel à des considérations de justice ou à la protection des biens ou des pratiques reconnus comme partagés [48] ».

En revanche, une démocratie libérale ne peut, sans saper ses fondements, prescrire une morale de la perfection coercitive. Nous n'aurions pas à énoncer ces évidences si nous n'assistions à l'édification d'un projet national-républicain qui impose une vision monolithique et dogmatique de la laïcité, notamment par le recours aux émotions collectives, recours systématique depuis 1989, et amplifié depuis 2015, qui aboutit inéluctablement à priver l'individu de son pouvoir de juger. Ces émotions collectives introduisent dans l'éthique publique des éléments rendant son contenu cognitif plus ou moins étranger à ceux que nous avons vocation à accueillir. Dès lors, par un processus pervers d'assignation identitaire, le « républicanisme à la française » transforme certaines différences en source de domination pour les minoritaires.

Ainsi, les réticences d'élèves musulmans à se reconnaître dans le « Je suis Charlie » ont souvent été perçues par les médias et les politiques comme une manifestation de sédition à l'égard de la nation[49]. Pourtant, pour nombre d'entre eux, il s'agissait d'une authentique difficulté à se situer : d'une part, une adhésion à la communauté nationale devant l'horreur des attentats et, d'autre part, une sensibilité religieuse blessée devant les caricatures. La réponse apportée ne fut pas adaptée. En véhiculant un programme normatif, le principe de laïcité s'est fait « métonymie de la République » : « La minute de silence au lendemain des attentats de janvier 2015 ? Laïcité. L'éducation à la sexualité ? Laïcité. Le port de signes "religieux" dans l'espace public ? Laïcité. Les menus à la cantine ? Laïcité. Les dispenses de cours d'éducation physique et sportive ? Laïcité. *Ad infinitum*[50]. » « Hypertrophie de la neutralité » que l'on retrouve dans les débats à propos de la question des parents participant à des activités en classe ou même accompagnant des sorties scolaires (au mépris de ce que dit l'Assemblée du contentieux du Conseil d'État). Ce phénomène, présent dès le début des années 2000, consiste à étendre l'obligation de neutralité convictionnelle, qui ne vaut traditionnellement que pour les autorités publiques, à l'ensemble de la société, donc à la sphère privée[51]. La laïcité est ainsi devenue, nous l'avons noté plus haut, une *valeur*, synonyme d'adhésion au projet « républicain ». Il est douteux dès lors que puisse être préservée la garantie de l'égale liberté de conscience des personnes privées.

Ce qu'exige le sécularisme

L'État qui, dans le principe, ne doit soutenir aucune religion devrait-il le faire lorsque son abstention alourdit de façon déraisonnable l'exercice des libertés religieuses de base ? Si légitimer le statu quo revient à désavantager de manière indue les groupes religieux minoritaires ? Sous l'angle du républicanisme *critique*, au sein duquel la liberté est définie comme non-domination, on admet que des accommodements puissent être nécessaires dans une perspective de justice sociale.

Il existe, nous n'y prêtons, le plus souvent, guère attention, des discriminations involontaires : si, par exemple, un calendrier commun peut être justifié, pour d'évidentes raisons, ses effets seront inégaux car il favorisera le plus souvent le mode de vie de la majorité historique, les jours fériés étant souvent ceux prescrits par la religion établie. Pour décrire ces effets inégaux, de nombreux auteurs ont parlé, pour la France, de *catho-laïcité* (soit une concession à une logique culturaliste qui ethnicise les pratiques des religions minoritaires, essentiellement l'islam) [52].

Dans un autre registre, plus lourd encore de conséquences, on constate que la laïcité française, dans sa version institutionnellement légitime, a promu une vision de l'islam fondée sur sa dangerosité, une sorte de religieux *pathologique*, vision très éloignée de la pratique majoritaire du croyant ordinaire [53]. La comparaison avec la façon dont la Grande-Bretagne, elle aussi confrontée douloureusement au terrorisme islamiste, traite le rapport à l'islam, est significative. L'intérêt de l'exemple britannique est avant tout sémantique : « Le cloisonnement entre le discours sur la laïcité et le discours sur le terrorisme permet d'apaiser les relations intercommunautaires en refusant de voir en chaque musulman un islamiste potentiel, et de juguler les surenchères islamophobes et xénophobes qui nourrissent le populisme d'extrême droite [...]. La gestion domestique du religieux par l'État – la laïcité, dirait-on en France – est centrée, non sur la religion pathologique, mais sur la religion ordinaire [54]. » Néanmoins, bien que les Britanniques fassent le plus souvent la différence entre un musulman et un extrémiste islamiste, les manifestations d'intolérance ne sont pas absentes. Ni, d'ailleurs, pathologie inverse, une excessive attention à ne pas froisser les sensibilités religieuses.

Il n'en demeure pas moins, effet probable du multiculturalisme officiel, que les principes fondamentaux de la laïcité libérale sont plus aisément respectés en Grande-Bretagne qu'ils ne le sont dans la France contemporaine. Ce sont ces principes qui constituent ce que Cécile Laborde nomme le *sécularisme minimal* : raison publique, égalité civique et liberté personnelle.

La *raison publique* signifie que les représentants de l'État sont tenus d'invoquer des raisons *accessibles* pour justifier les lois. Il s'agit là de dispositions rappelées par le Conseil constitutionnel : dans une décision de constitutionnalité du 16 décembre 1999, il considère que « l'accessibilité et l'intelligibilité de la loi sont des objectifs de valeur constitutionnelle ». Il affirme ainsi que la garantie des droits, requise par l'article 16 de la Déclaration des droits de l'homme et du citoyen, « ne pourrait pas être effective si les citoyens ne disposaient pas d'une connaissance des normes qui sont applicables ». En outre, les justifications que doit fournir l'État libéral aux mesures qu'il met en place doivent être neutres : c'est la condition pour que les citoyens puissent se considérer comme les auteurs de ces mesures, pour qu'elles puissent être partagées. Nous avons énoncé là les trois critères de la raison publique : accessibilité, intelligibilité et partageabilité.

S'agissant de la loi de 2004, cette connaissance est-elle suffisante ? La neutralité des justifications est-elle respectée ? On peut en douter. Et sur deux plans dont les effets se cumulent. Le premier, que nous nous contentons ici de mentionner, est que la véritable nature de la laïcité, celle d'un cadre procédural autorisant la coexistence des libertés, n'est pas toujours bien perçue. Et certains de ses défenseurs portent une lourde part de responsabilité. Le second concerne la méconnaissance de la spécificité de l'islam au regard de la religion majoritaire. Alors que l'islam est, au moins en partie, fondé sur l'orthopraxie, c'est-à-dire sur l'importance de la pratique (tout comme le judaïsme), on s'obstine à le décrire selon les canons de la foi chrétienne, c'est-à-dire selon le privilège qu'elle accorde au *croire* au regard du *faire*. Dès lors, sa visibilité (relativement nouvelle : le musulman a longtemps, en France, pratiqué en toute discrétion) heurte une société de plus en plus sécularisée (d'ailleurs, à de nombreux égards, l'islam, mais pas seulement lui, participe d'un important mouvement de contre-sécularisation pour lequel le religieux devient une sorte de ressource compensatoire face à une modernité qui désenchante le monde [55]). Désormais, « montrer trop visiblement son appartenance religieuse devient équivalent à ne pas "respecter la laïcité" et est considéré comme une forme de mise en cause du "vivre-ensemble républicain", quel que soit le degré d'attachement citoyen [56] ». Il s'agit là d'un amalgame qu'alimentent nombre d'hommes politiques et d'intellectuels médiatiques. La présence de signes d'appartenance à l'islam, parfois décrite comme une islamisation de l'islam [57], est largement la conséquence de la croissance de la sédentarité des populations musulmanes. Mais l'islamisation est aussi la conséquence d'une non-intégration subie, une expression du désarroi devant l'impossible insertion dans une société qui, à la fois, refuse qu'au nom de l'universalisme républicain soient mentionnées les origines, et désigne, par leurs origines, les populations marginalisées de nos banlieues dites populaires. Souvent méprisées, ces populations sont fortement tentées de se replier au sein d'espaces où elles trouvent réconfort et réassurance. Ce repli communautaire, bien que conséquence du mépris subi, sert de justification au récurrent procès en séparatisme. L'islam apparaît ainsi comme un défi à l'équilibre démocratique, relativement précaire, entre les religions et l'État : confrontés à des traditions nationales de gestion des rapports entre le politique et le religieux, ses fidèles tendent à en bousculer l'ordonnancement.

L'islamisation est aussi, devant ce qui est vécu comme un abandon de la part des institutions républicaines, une affirmation identitaire par laquelle on s'attribue une place dans la société, par laquelle on refuse l'assimilation tout en cherchant, en définitive, à s'intégrer. Et, plus encore sans doute, elle est le moyen de rompre, par la pratique religieuse, avec l'univers mental de l'enfermement dans des banlieues sans avenir.

Ce rappel à la réalité sociodémographique ne doit pas être interprété comme une méconnaissance de l'existence de mouvements religieux (surtout fréristes et salafistes, lesquels ne doivent cependant pas être confondus) qui exercent une véritable emprise, en lien avec le trafic de drogue, dans certains quartiers populaires, et qui, en outre, entretiennent une forte défiance à l'égard des principes républicains et du libéralisme culturel. Ces mouvements, qui adoptent une conception sociopolitique de l'islam, c'est-à-dire marquée, parmi d'autres traits, par un anti-occidentalisme fervent et un puritanisme strict, s'adressent prioritairement à celles et ceux qui ont une vision théocratique de la société et qui, dès lors, accordent à la religion un privilège absolu quant à la détermination de la vérité. Il est légitime et nécessaire que ces mouvements soient, au nom des principes de la République, combattus avec vigueur.

Le deuxième principe du sécularisme minimal, l'*égalité civique*, est le critère qui, plus qu'aucun autre, révèle l'éventuel mépris à l'égard de tous ceux qui ne se reconnaissent pas dans la religion majoritaire et qui, lorsque l'État la valorise publiquement, se trouvent exclus de l'identité civique. En se référant à la notion de *biais majoritaire*, on est fondé à introduire la possibilité des accommodements comme moyen de rétablir l'égalité. Il s'agit tout simplement de ne pas oublier que la laïcité, telle qu'elle résulte de la loi de décembre 1905, a vocation à s'appliquer équitablement à tous les cultes religieux, quelle que soit l'ancienneté de leur présence sur le territoire. Or, nous l'avons mentionné, l'islam n'a pas suffisamment bénéficié des avantages légaux accordés par la laïcité républicaine [58].

Enfin, le troisième principe, la *liberté personnelle*, fait classiquement référence à l'interdiction pour l'État, nous l'avons évoqué plus haut, d'imposer une éthique substantielle à ses citoyens. Or c'est bien cette propension à transformer le principe procédural de laïcité en une éthique épaisse qui caractérise la vulgate dominante en France, laquelle ne semble pas percevoir qu'elle abandonne ainsi la prétention de la laïcité à l'universalité. Il n'est pas nécessaire d'être un spécialiste de philosophie politique pour comprendre qu'il est plus simple de se mettre d'accord sur des règles (des procédures) que sur des valeurs. Toute tentative de faire de la laïcité un enjeu civilisationnel tourne le dos à ce que, modestement, elle cherche à accomplir.

Ces principes constitutifs du « sécularisme minimal » sont, il importe de le rappeler, en adéquation avec l'esprit des Lumières, tel que Kant le définissait : comme la capacité de se rapporter à ses convictions sur le mode réflexif, c'est-à-dire « penser en se mettant à la place de tout autre ». Le respect du « sécularisme minimal » est-il correctement assuré par le « républicanisme à la française » ? Les doutes à ce sujet se nourrissent du fait que la proclamation de l'égalité dans le cadre de l'indifférence à la différence ne suffit pas à empêcher l'inégalité de traitement. On peut d'ailleurs souligner un paradoxe : l'« indifférence à la différence » ne rend pas invisibles les catégories de la population perçues comme déviantes par rapport à la norme majoritaire, mais les rend, au contraire, « hypervisibles tout en invisibilisant les discriminations ethnoraciales » dont ils sont l'objet [59]. L'indivisibilité de la République n'impose pourtant pas l'invisibilité des individus. Tout se passe comme si la visibilité des minorités devait être infiniment réduite au nom d'objectifs consensuels (ou supposés tels) comme l'émancipation de la femme ou la lutte contre le communautarisme. Pourtant, une politique qui se fixe pour principal objectif de masquer les signes de différence est-elle raisonnable ? Que faudrait-il faire quand ces signes ne sont pas dissimulables (couleur de peau ou accents, par exemple) ?

Ce sécularisme minimal, tel que nous venons d'en exposer les principes, traduit adéquatement ce que préconise la loi de 1905. L'esprit de celle-ci a été rappelé dans un texte, rédigé cent ans après, le 9 décembre 2005, hélas méconnu. Signée par plus de 250 spécialistes provenant de trente pays différents, la Déclaration universelle sur la laïcité au XXIe siècle fait écho à notre présent immédiat. Son préambule, notamment, que nous citons in extenso : « Considérant les diversités religieuse et morale croissantes, au sein des sociétés actuelles, et les défis que rencontrent les États modernes pour favoriser le vivre-ensemble harmonieux ; considérant également la nécessité de respecter la pluralité des convictions religieuses, athées, agnostiques, philosophiques, et l'obligation de favoriser, par divers moyens, la délibération démocratique pacifique ; considérant enfin que la sensibilité croissante des individus et des peuples aux libertés et aux droits fondamentaux invite les États à veiller à l'équilibre entre les principes essentiels qui favorisent le respect de la diversité et l'intégration de tous les citoyens à la sphère publique. » De tels fondements sont présents dans toutes les démocraties libérales, malgré la diversité des trajectoires historiques.

Si nous ne pouvons, dans le cadre de cet essai, reproduire les dix-huit articles du texte[60], il convient de faire une exception pour le quatrième, lequel définit précieusement ce que doit être la laïcité : « L'harmonisation, dans diverses conjonctures socio-historiques et géopolitiques, des trois principes déjà indiqués : respect de la liberté de conscience et de sa pratique individuelle et collective ; autonomie du politique et de la société civile à l'égard des normes religieuses et philosophiques particulières ; non-discrimination directe ou indirecte envers des êtres humains. » Le principe de non-discrimination appartient donc à l'essence de la laïcité. Ce que confirme, si un doute subsistait, les formulations suivantes : « Pour que les États soient en mesure d'assurer un traitement égal des êtres humains et des différentes religions et convictions (dans les limites indiquées), l'ordre politique doit être libre d'élaborer des normes collectives sans qu'une religion ou conviction particulière domine le pouvoir et les institutions publiques » (article 2). Ainsi que : « L'égalité n'est pas seulement formelle, elle doit se traduire dans la pratique politique par une vigilance constante pour qu'aucune discrimination ne soit exercée contre des êtres humains, dans l'exercice de leurs droits, en particulier de leurs droits de citoyens, quelle que soit leur appartenance ou leur non-appartenance à une religion ou à une philosophie » (article 3).

On perçoit l'intention des rédacteurs[61] : par l'attention accordée à l'exigence de traitement égal, ou, plus exactement, de traiter chaque citoyen comme un égal [62], est posé un lien inextricable entre laïcité et justice sociale. Le droit à être traité comme un égal est axé sur la reconnaissance de la dignité et de la valeur égales de chaque individu. Il apparaît donc comme le fondement d'une politique éloignée de toute exaltation identitaire, tout en accordant à la différence l'attention qu'elle requiert dès l'instant où elle apparaît comme une composante de la dignité.

Ce texte montre, en outre, que la laïcité n'est nullement une exception française, contrairement à ce que l'on prétend généralement afin, bien souvent, d'en valoriser les spécificités (réelles ou imaginaires). Ce serait oublier que les États-Unis ont été les premiers à promulguer une loi de séparation, et que le Mexique l'a fait dans les années 1850-1860, la Belgique plus tôt encore (1830), même si, dans ce dernier cas, le rapport à la religion est d'une nature très différente de celui qui prévaut en France, dans la mesure où le régime de séparation permet à l'État de financer les cultes et où les écoles publiques accueillent des cours de religion [63].

Nous avons voulu montrer que l'on ne pouvait se contenter d'une défense incantatoire du principe de laïcité dans une école dont les règles (non écrites) de fonctionnement demeurent cachées aux plus défavorisés. La compréhension de la force libératrice du principe implique la transparence de ces règles. Or, trop souvent, il est mobilisé pour dissimuler l'opacité du système. Aussi, à l'opposé de la rigidité de la règle républicaine d'indifférence à la différence, des actions compensatoires, en direction de ceux qui sont discriminés en raison de leur appartenance religieuse ou ethnique, doivent être entreprises. Les auteurs, politiquement libéraux, les plus avisés n'hésitent pas à en défendre l'urgente nécessité. De nature à concourir à une offre scolaire plus équitable, elles sont aussi le moyen de modifier sensiblement la représentation de la laïcité en la dissociant du régime d'interdits qu'elle incarne bien trop souvent. Il va sans dire que la demande de reconnaissance ainsi adressée à l'institution ne vaut pas approbation de tout type de demandes. Certaines sont illégitimes, tout particulièrement celles qui ne satisfont pas à l'exigence d'intégrité de l'individu, par exemple en contrevenant au principe universalisable d'égalité des sexes. Mais aussi, nous y avons fait allusion plus haut, celles qui concernent le refus de certains enseignements. Bref, le mépris, l'injure raciale, la stigmatisation sexuelle sont à bannir radicalement. L'acceptation de la mixité sous toutes ses formes doit être une règle intangible[64].

Dès lors, pour que soient remplies les conditions d'une laïcité réellement émancipatrice, il semble important de comprendre que si rien ne nous contraint à renoncer à nos fidélités singulières, la laïcité nous invite à les suspendre. Ce qui fait communauté, c'est précisément le vide de toute appartenance. C'est encore la supposition qu'il y a, en tout autre homme, la capacité à éprouver le même sentiment que moi. En procédant ainsi, « j'inaugure un mode de pensée nécessairement *pluriel*, puisque ma pensée est dorénavant incitée à percevoir le réel comme tout autre le percevrait, frappant d'interdit tout point de vue unique ou totalisant [65] ». Nous devons être capables de remettre en cause nos engagements, nos croyances et nos liens affectifs. La laïcité, au lieu de voir un individu comme appartenant à une communauté, considère la communauté comme ce qui appartient à l'individu, c'est-à-dire « comme une idée ou une réalité qui ne peut avoir de sens et même d'existence que par l'acte de la choisir et de la faire sienne (de vouloir la faire sienne) [66] ». Tâche exigeante mais infiniment nécessaire.

Conclusion

Menace sur la démocratie

« La vie devient impossible quand on efface par la force les différences et les particularités. »

Vassili Grossman, en ouverture de son grand œuvre, *Vie et destin.*

Dans son célèbre plaidoyer *Pour la laïque*, prononcé les 21 et 24 janvier 1910 à la Chambre des députés, Jaurès se demande sur quels principes reposent les sociétés politiques modernes, surtout depuis la Révolution : « Sur l'acte de foi dans l'efficacité morale et sociale de la raison », principe qui « se confond avec la laïcité elle-même », répond-il [1]. Jaurès, contrairement à une forte tendance de la philosophie postmoderne, ne faisait pas de la raison une ruse, mais une faculté de l'esprit, constituée par des obligations intellectuelles et morales. Pour le philosophe qu'il était, au moins autant que pour le militant politique, l'humanité a la raison en partage, et le projet laïque est bien de construire un monde avec les seules ressources de la raison et de la liberté.

La démocratie, soumise à l'indétermination, est toujours exposée à la tentation totalitaire[2]. Car, contrairement à une définition répandue, elle n'est pas le régime où le pouvoir appartient au peuple, mais où il n'appartient à personne. Dans le populisme, tel qu'il est aujourd'hui défendu par les démagogues au pouvoir dans de nombreuses régions du monde, le peuple est une entité monolithique supposée exprimer la volonté commune. Ceux qui se satisfont d'en faire partie, et qui défendent jalousement le « privilège » d'être nés dans un même pays, sont souvent, l'histoire l'a montré, tentés de confondre identité nationale et nationalisme. Or ce dernier, pour se perpétuer, a besoin de désigner des ennemis de la nation : il entretient un esprit complotiste, et le complot, on le sait, peut venir de l'intérieur. Au désaccord, synonyme de diversité, on substitue alors le consensus. Toute distance critique devient trahison et la peur de la différence est exacerbée. C'est là où nous en sommes.

L'arsenal législatif récent entretient un soupçon permanent sur une partie de la population qui, précisément, en raison de différences réelles ou imaginaires, ne peut correspondre à l'image mythifiée de l'identité nationale. Dès lors, les classes moyennes qui ne veulent à aucun prix subir la relégation que le capitalisme financier réserve à des populations abandonnées, souvent issues de l'immigration arabo-musulmane, expriment-elles une crainte réelle. Et cette dernière s'alimente du repli de ces populations dans un espace susceptible de leur apporter protection, celui des communautés de provenance [3].

On aurait tort, par conséquent, dans un contexte de montée en puissance de l'extrême droite, de ne pas entendre l'avertissement d'Umberto Eco : reconnaître le fascisme [4] ne suffit certainement pas à s'en prémunir, mais savoir nommer son ennemi reste l'indispensable préalable à l'échec de son projet. Dès lors, la question de l'action politique se pose avec une vive acuité.

Environ cent ans après le discours de Jaurès aux lycéens de Castres [5], la Déclaration de 2005, à laquelle nous avons brièvement fait référence, conçoit la laïcité comme la condition de la démocratie. Si la laïcité est fondamentalement démocratique, c'est aussi parce qu'elle reconnaît les identités minoritaires, recherche le commun sans abolir les différences et fait de la liberté de conscience son objectif principal, à l'opposé d'une conception qui conçoit la recherche du commun par la lutte contre les particularismes. La laïcité instituée par la loi de 1905 n'est pas, à la différence des politiques anticléricales durant la Terreur, une laïcité de combat, pas plus qu'elle n'est une laïcité de coopération (comme dans les pays anglo-saxons où la préservation de la liberté religieuse collective prime la liberté individuelle de conscience) : elle est, redisons-le, d'abstention, autrement dit avant tout un cadre politique qui autorise la pluralité des conceptions du bien.

C'est pourquoi nous ne pouvons consentir à sa transformation en marqueur identitaire, au péril de la disparition de sa dimension réellement émancipatrice, celle qui nous protège contre l'abrasion des différences qu'autorise, et promeut, le capitalisme marchand. La lutte contre cette logique nécessite une attention soutenue aux inégalités socio-économiques comme à celles liées aux origines.

La laïcité est un principe de coexistence des libertés. Elle universalise la condition humaine de façon privilégiée, au sein de l'école de la République. C'est là que les enfants acquièrent une formation civique fondée sur le dépassement des ancrages particuliers. Elle le fait tout naturellement car sa propriété cardinale est de transmettre un savoir universalisable : les enseignements des mathématiques, ceux des droits attachés à la condition humaine, les connaissances rationnelles en général, ne reconnaissent pas les frontières des nations. Ce modèle d'universalité, auquel tout authentique républicain est attaché, doit idéalement s'accomplir au sein de l'école.

Les fondations de la démocratie sont fragiles. Elles sont menacées par le développement d'une pathologie de l'altérité dont les signes les plus évidents sont la célébration d'une identité nationale qui privilégie les origines aux principes républicains. Cette tentation s'est construite depuis la défaite militaire face aux Prussiens en 1870 : l'argumentaire alors privilégié a conduit à une républicanisation de la culture nationale, mise en œuvre par la politique scolaire et l'engagement de la France dans le projet colonial. Les guerres mondiales, la première surtout, furent de nouvelles occasions d'en user. Désormais sa forme contemporaine est profondément marquée par la querelle du foulard, comme nous l'avons vu. La stratégie du soupçon à l'égard des musulmans a durablement brouillé les frontières idéologiques, au point de voir confondus, sur le rapport à l'Autre, certains discours dits de gauche avec les thématiques identitaristes de l'extrême droite. De ce point de vue, l'évolution du philosophe Michel Onfray, lequel avoue sa préférence pour le « laboureur franc » au regard du « rabbin ashkénaze », est symptomatique de la confusion à l'origine du souverainisme.

Celui-ci se montre indifférent aux divergences politiques : l'amour de la nation les dissout dans l'allégresse. Inquiet d'une supposée tyrannie des minorités, laquelle précipiterait le déclin de la France, le souverainisme n'a cure des mariages honteux, tels ceux des rouges et des bruns, les premiers perdant leur âme dans de honteuses alliances. Il ne s'agit plus désormais, comme le voulait Tocqueville, de « protéger les minorités », mais d'imposer les « droits de la majorité ». On passe ainsi, sans y prendre garde, à une citoyenneté définie en termes ethniques. C'est donc bien le refus de la différence qui réunit le national-républicanisme des partisans d'une laïcité exclusive et le national-populisme de l'extrême droite, laquelle a bien vu le profit qu'elle pouvait recueillir en faisant de la laïcité une valeur identitaire, un instrument de distinction entre « eux » et « nous ».

Face à ce péril, il nous faut mettre nos pratiques en paroles : nous devons nous prémunir contre deux impasses, celle de l'*universel sans pluriel* et celle du *pluriel sans universel*. Chacun doit comprendre qu'il n'est pas *différent des autres* mais *différent comme les autres*[6]. Dès lors, la communauté éthique à laquelle nous appartenons n'a que faire des frontières : elle est de nature cosmopolitique. Que nous l'ayons oublié rend plus aigu encore le souhait de Frantz Fanon, placé en exergue de cet ouvrage : « Qu'il soit permis de découvrir et de vouloir l'homme, où qu'il se trouve[7]. » Découvrir ce que nous sommes dessine les contours de ce que nous devons faire.

Notes

Introduction
Malaise dans l'altérité

1. Voir, dans *Philosophie Magazine* du 30 avril 2024, notre entretien avec Octave Larmagnac-Matheron, « Démis de ses fonctions du Conseil de la laïcité, Alain Policar réagit ».

2. Nonobstant la diversité des courants qu'il recouvre, l'islamisme est toujours hostile aux minorités, aux femmes et aux dissidents politiques, particulièrement lorsque ces derniers sont progressistes. Comme tous les fondamentalismes religieux, il est favorable au patriarcat, opposé à l'homosexualité et, a fortiori, à toute forme de sexualité non hétéronormée. L'islamisme peut aussi être défini comme le mouvement qui s'oppose à ce que l'islam se développe pacifiquement dans d'autres sociétés que les pays musulmans.

3. La circulaire Bayrou de 1994 parle de « signes ostentatoires ». La consultation de quelques dictionnaires ne permet pas d'établir une nette différence entre ces deux qualifications.

4. Malgré son intention affichée de faire reculer le communautarisme, la loi de 2004 a donné aux élèves et à leurs parents l'image d'une laïcité fondée sur des interdits plutôt que sur la liberté.

5. Au sens que Howard Becker donnait à l'expression : groupe de personnes dont l'objectif est l'adoption ou le renforcement d'une norme.

6. La qualification est empruntée à Philippe Portier, *L'Inflexion sécuritaire de la laïcité française*, Grenoble, PUG, 2021. L'auteur montre que la sécurité, simple condition de la liberté il y a peu, est devenue la finalité de la décision politique.

7. Emmanuel Kant, *Projet de paix perpétuelle. Esquisse philosophique* [1795], trad. fr., Paris, Vrin, 2002, Troisième article définitif.

8. Voir Didier Fassin, Alain Morice et Catherine Quiminal (dir.), *Les Lois de l'inhospitalité. Les politiques de l'immigration à l'épreuve des sans-papiers*, Paris, La Découverte, 1997. Et, plus récemment, Jacob Rogozinski, *Inhospitalité*, Paris, Cerf, 2024.

9. Paul Ricœur rappelle que l'appartenance n'est pas un bien que nous distribuons entre nous, mais que nous attribuons aux autres. Voir « La condition d'étranger », *Esprit*, mars-avril 2006, p. 264-275. Sur la nécessité de se pencher sur soi-même comme un

autre, on lira Guillaume Le Blanc, *Dedans, dehors. La condition d'étranger*, Paris, Seuil, 2010.

10. Voir Derek Parfit, *Les Raisons et les Personnes* [1984], Marseille, Agone, 2024. Pour cet auteur, l'identité personnelle doit le plus souvent s'apprécier en termes de degrés, ce qui signifie qu'elle n'admet pas de réponses définitives, telles que « c'est toujours la même personne » ou « celui qu'il a été a cessé d'exister ».

11. Nous utilisons ce terme ici comme synonyme de « démagogie » et de « nativisme », nonobstant son origine historique (le *People's Party* en 1891 au Kansas, mouvement progressiste de paysans et d'ouvriers).

12. Voir Françoise Lorcerie, « Le primordialisme français, ses voies, ses fièvres », *in* Marie-Claude Smouts (dir.), *La Situation postcoloniale. Les* postcolonial studies *dans le débat français*, Paris, Presses de Sciences Po, 2007, p. 298-343, ainsi que, plus récemment, Françoise Lorcerie et Benjamin Moignard, « L'école, la laïcité et le virage sécuritaire post-attentats : un tableau contrasté », *Sociologie*, n° 4, vol. 8, 2017. Françoise Lorcerie parle, à juste titre, de « communautarisme majoritaire ».

Chapitre 1
La laïcité, ou la coexistence des libertés

1. Si le mot *laïcité* apparaît pour la première fois en 1871, dans un article sur l'enseignement dans le journal *La Patrie*, l'adjectif *laïque* est un peu plus ancien et

se popularise sous le Second Empire (Edgar Quinet l'emploie souvent, ainsi que Jean Macé).

2. Nous mettons des guillemets à cette expression pour indiquer qu'elle exprime plus une position théorique qu'une description de la réalité.

3. Émile Poulat, *Notre laïcité publique. « La France est une République laïque »*, Paris, Berg International, 2003.

4. Vincent Peillon, entretien avec Charles Perragin, *Philomag*, 5 mai 2021.

5. Lunettes que certains des meilleurs défenseurs de la laïcité paraissent n'avoir pas chaussées, du moins si l'on s'en tient à une lecture littérale. Ainsi Jaurès qui, le 24 janvier 1910, interpelle les députés en ces termes : « Nous ne sommes pas le parti de la tolérance – c'est un mot que Mirabeau avait raison de dénoncer comme insuffisant, comme injurieux pour les doctrines des autres. » Mais il ajoute : « Nous n'avons pas de la tolérance, mais nous avons, à l'égard de toutes les doctrines, le respect de la personnalité humaine et de l'esprit qui s'y développe. » Si bien que, nous semble-t-il, c'est la conception de la tolérance prévalant dans les systèmes inégalitaires qu'il fustige, et non celle, moderne, qui fait du respect des personnes une valeur centrale.

6. Éric Weil, *Logique de la philosophie*, Paris, Vrin, 1951, p. 118.

7. Voltaire, dans le *Traité sur la tolérance* (1763), considère comme équivalentes la liberté des opinions

et celle de les professer publiquement et de s'y conformer dans sa conduite. Cette idée sera reprise par les philosophes américains du libéralisme politique, notamment John Rawls et William Galston.

8. Ghislain Waterlot, « Aux sources de la pensée libérale, une généalogie de la tolérance. Castellion, Spinoza, Bayle, Locke », *in* Gilles Kévorkian (dir.), *La Pensée libérale. Histoire et controverses*, Paris, Ellipses, 2010, p. 216.

9. Pierre Bayle, *De la tolérance* [1686], Paris, Vrin, 2014. Notons que Bayle n'a pas, en 1686, connaissance du texte de Locke, écrit trois ans après. Pour lui, le pluralisme religieux, non seulement doit être toléré, mais, bénéfique à la société, il doit être recherché.

10. Voir Ghislain Waterlot, « Droits de l'homme et tolérance », *Diogène*, n° 176, 1996, p. 47-63.

11. John Stuart Mill, *De la liberté* [1859], Paris, Gallimard, « Folio essais », 1990.

12. Susan Mendus, « Tolérance et pluralisme moral », *in* Monique Canto-Sperber (dir.), *Dictionnaire d'éthique et de philosophie morale*, Paris, PUF, 1996, p. 1536.

13. Selon le contexte, on insistera davantage sur l'une ou l'autre de ces dimensions. Le lien entre désapprobation et abstention de contraindre est d'accorder, nous l'avons mentionné, à la recherche de la vérité une place prépondérante (alors que, parfois, l'objectif de pacification est présenté comme contraire à celui de vérité). Il est bien difficile de séparer, dans cet exemple,

ce qui relève de l'exigence morale de ce qui appartient à la vie publique.

14. Thomas Scanlon, *L'Épreuve de la tolérance. Essais de philosophie politique* [2004], Paris, Hermann, 2018, p. 274.

15. Sur la question de l'intolérable, voir Paul Ricœur, « L'usure de la tolérance et la résistance de l'intolérable », *Diogène*, n° 176, 1996, p. 166-176, article dans lequel le philosophe fait l'éloge de la pondération, expression majeure, écrit-il, « de la sagesse pratique dans la tradition de la *phronesis* tragique et aristotélicienne et de la prudence des scolastiques », p. 176.

16. La légalité n'est pas nécessairement juxtaposable à la légitimité morale. Nous aurons l'occasion d'évoquer cette distance à propos d'une loi qui se situe au cœur de notre propos : celle du 15 mars 2004 sur les signes religieux à l'école.

17. Charles Girard, « Pourquoi punir les discours de haine ? », *Esprit*, n° 418, octobre 2015, p. 11-22. Voir surtout, du même auteur, *Délibérer entre égaux. Enquête sur l'idéal démocratique*, Paris, Vrin, 2019, et, plus récemment, « Entretien avec Charles Girard », *Philomag*, 8 mars 2024.

18. Charles Girard, « Pourquoi punir les discours de haine ? », art. cité, 8 mars 2024.

19. On admet généralement que ce processus se définit par trois traits majeurs : le déclin de la croyance religieuse, la religion comme choix personnel et, bien entendu, la séparation entre l'Église et l'État. On en

déduira que la laïcité permet la coexistence des libertés dans une société où les citoyens entretiennent des rapports différents avec la sécularisation.

20. On peut lire la totalité de la lettre dans Pierre Kahn, « La lettre de Guizot aux instituteurs (juillet 1833). Éléments pour une préhistoire de la déontologie enseignante », *Les Sciences de l'éducation*, vol. 40, 2007/2, p. 115-125.

21. Quelques mois après, en juin, était publié le livre d'Edgar Quinet *L'Enseignement du peuple*, plaidoyer en faveur de la gratuité de l'éducation et de la liberté de l'enseignement.

22. N'oublions pas la loi du 29 juillet 1881, sur la liberté de la presse, qui consacre le principe de la liberté d'expression, autrement dit le droit pour tout citoyen de participer au débat public et à la formation de l'opinion.

23. Jean Baubérot, *Laïcité, 1905-2005. Entre passion et raison*, Paris, Seuil, 2004.

24. Jean Baubérot (avec la collaboration de Dorra Mameri-Chaambi), *La loi de 1905 n'aura pas lieu. Histoire politique des séparations des Églises et de l'État (1902-1908)*, 3 volumes, Éditions de la Maison des sciences de l'homme, 2019, 2021, 2024.

25. Philippe Portier, « Jean Baubérot, *La loi de 1905 n'aura pas lieu. Histoire politique des séparations des Églises et de l'État (1902-1908).* Tome 1 : *L'impossible « loi de liberté » (1902-1905)* », *Archives de sciences sociales des religions*, n° 192, 2020, p. 140-143.

26. Par exemple, le *Magnard* de 2010 : « Le principe de laïcité vient compléter les principales valeurs du régime. La République se pose en effet comme une "contre-culture" de la tradition catholique et du conservatisme. Ainsi, l'anticléricalisme apparaît comme un fondement majeur qui trouvera son aboutissement dans la loi de séparation de l'Église et de l'État de 1905. »

27. Voir Jacques et Mona Ozouf, *La République des instituteurs*, Paris, EHESS/Gallimard/Seuil, 1992.

28. La laïcité sous la IIIe République fut bien plus une laïcité de cohabitation que de combat. Voir Émile Poulat, « En 1990, laïcité pour une confession majoritaire : le catholicisme », *in* Hubert Bost (dir.), *Genèse et enjeux de la laïcité*, Genève, Labor et Fides, 1990, p. 108-109 ; et Jean Baubérot, *Vers un nouveau pacte laïque ?*, Paris, Seuil, 1990.

29. Comme le souligne excellemment Jean-Yves Pranchère, que serait-elle « si elle n'était pas aussi la mémoire du dreyfusisme, la mémoire de cette face lumineuse de la République, qui n'a pas de lien d'essence avec sa face sombre que fut le colonialisme ? », *in* « Tourmentes laïques » (inrer.org/2019/11/tourmentes-laiques/). Texte partiellement repris dans *Esprit*, janvier-février 2020, p. 171-181.

30. L'expression est équivoque : il faut distinguer l'espace *civil* et la sphère de l'autorité publique. Ce qui est autorisé dans l'un ne l'est pas nécessairement dans l'autre. L'article 1 de la loi de 1905 admet des restrictions à la liberté de culte pour des motifs liés au maintien de l'ordre public.

31. C'est ce que le politiste américain Alfred Stepan a nommé la *twin toleration.* Voir Alfred C. Stepan, « Religion, Democracy, and the "Twin Tolerations" », *Journal of Democracy*, vol. 11, n° 4, p. 37-57.

32. Voir Julia Martinez-Ariño, *Urban Secularism. Negotiating Religious Diversity in Europe*, Londres / New York, Routledge, 2020.

33. Alain (1932), *Propos sur l'éducation*, Paris, PUF, 2005, p. 23.

34. Henri Peña-Ruiz, *Dieu et Marianne. Philosophie de la laïcité*, Paris, PUF, p. 246.

35. Voir Marc Jacquemain, « Henri Peña-Ruiz ou la France éclairant le monde », *Politique. Revue de débats*, n° 77, novembre-décembre 2011, p. 76-82.

36. *Ibid.*, p. 123.

37. « Dire "sentiment" d'insécurité plutôt qu'insécurité sera sans doute plus précis, sinon plus exact, mais finalement beaucoup moins opératoire politiquement et analytiquement », explique Laurent Bouvet dans *L'Insécurité culturelle. Le malaise identitaire français*, Paris, Fayard, 2015, p. 7.

38. Il ne s'agit pas ici de minimiser l'inquiétude face à la montée d'un islamisme politique dont certaines franges ont choisi le terrorisme, mais d'alerter sur les risques de soupçonner tout musulman qui revendique fortement son identité de complaisance ou de complicité avec ceux qui tuent au nom de sa religion.

39. Laurent Bouvet, *La Nouvelle Question laïque. Choisir la République*, Paris, Flammarion, 2019.

40. *Ibid.*, p. 144.

41. *Ibid.*, p. 145.

42. Voir l'important livre de Jean-Fabien Spitz, *La République ? Quelles valeurs ? Essai sur un nouvel intégrisme politique*, Paris, Gallimard, 2022.

43. Laurent Jaffro, « La laïcité : vertu ou principe ? », *The Conversation*, 13 octobre 2022.

44. Condorcet, dans *Cinq mémoires sur l'instruction publique* (1791), faisait de l'instruction une condition fondamentale d'exercice de la citoyenneté : pour faire valoir ses droits, encore faut-il en avoir connaissance.

45. Laurent Bouvet, *La Nouvelle Question laïque…*, *op. cit.*, p. 47.

46. Danièle Sallenave, « L'identitarisme est la maladie du XXIe siècle », *Le Monde*, 23 juin 2018.

47. Haoues Seniguer, *La République autoritaire. Islam de France et illusion républicaine (2015-2022)*, Lormont, Le Bord de l'eau, 2022, p. 136.

48. Laurent Bouvet, *La Nouvelle Question laïque…*, *op. cit.*, p. 248.

49. *Ibid.* La citation de Pierre Manent provient de *Situation de la France*, Paris, Desclée de Brouwer, 2015, p. 33.

50. Philippe Corcuff, *La Grande Confusion. Comment l'extrême droite a gagné la bataille des idées*, Paris, Textuel, 2021.

51. Près de 20 000 personnes interrogées à travers une batterie de questions ouvertes et fermées qui permettaient aux enquêtés de s'exprimer sur le sens et la valeur qu'ils attribuaient à la laïcité. Les données que nous mentionnons sont consultables dans l'article de

Cécile Alduy, « La laïcité dans le “grand débat”, ou comment entendre les silences », *AOC*, 4 février 2017.

52. « Laïcité et religion au sein de l'école : une évaluation des attitudes civiques des collégiens et des lycéens ».

53. On se reportera à la synthèse de ce rapport et aux très utiles préconisations de Pierre Kahn : « Hausse des atteintes à la laïcité : des chiffres qui interrogent », *The Conversation*, 27 novembre 2022.

54. Le terme *atteintes* engendre un sentiment d'absence de liberté, à rebours de ce qu'est la laïcité. En outre, les élèves ne sont pas soumis au principe de neutralité. Voir l'intervention de Valentine Zuber dans l'émission de Guillaume Erner, France Culture, 25 septembre 2019.

55. L'hypothèse d'une fracture générationnelle doit également être examinée : voir Frédéric Dabi (avec Stewart Chau), *La Fracture. Comment la jeunesse d'aujourd'hui fait sécession : ses valeurs, ses choix, ses espoirs…*, Paris, Les Arènes, 2021.

Chapitre 2
Une affaire exemplaire : peut-on invisibiliser la différence ?

1. Parmi ceux-là, le rapport Nicolet sur l'éducation civique (1984).

2. La référence à la République va connaître une croissance exponentielle à partir de la fin des années 1980.

3. Jacques Berque, *Éduquer les enfants de l'immigration*, Paris, CNDP, 1985, p. 3.

4. Voir la photo dans *Points de repères. Bulletin de l'IHRSES*, n° 38, février 2017.

5. Jean Baubérot, « L'affaire des foulards et la laïcité à la française », *L'Homme et la Société*, n° 120, avril-mai 1996, p. 9-16.

6. Voir François Dubet, *Les Lycéens*, Paris, Seuil, 1991. Bien que soumis à une forte contrainte scolaire, les élèves vivent le lycée comme un espace favorisant l'autonomie et la liberté individuelle. L'adaptation strictement scolaire est faite de distance en opposition avec la vie lycéenne vécue sur le mode de l'authenticité.

7. Alternative présentée ici sans la moindre dimension critique à propos de la pertinence de cet affrontement.

8. Il est fait référence aux accords de Munich signés, en 1938, par Adolf Hitler, Édouard Daladier, Neville Chamberlain et Benito Mussolini. On considère qu'ils sont une capitulation des nations démocratiques qui laisse libre cours aux ambitions territoriales des nazis.

9. Philippe Portier, *L'État et les religions en France. Une sociologie historique de la laïcité*, Rennes, PUR, 2016, p. 256. On notera que, dans un article de la revue lacanienne *L'Âne*, Catherine Kintzler parle d'une « nouvelle » laïcité : « Question de laïcité », *L'Âne. Le magazine freudien*, janvier-mars 1990, p. 10-11. Comment faut-il comprendre cette nouveauté ?

10. Antonio Gramsci utilisait l'expression de *ciment social* pour désigner la volonté de courants idéologiques, éloignés sur nombre de sujets, de créer cette unité contre un ennemi supposé. Au demeurant, il est bien difficile de dégager un ensemble de caractéristiques distinctives qui permettrait de définir l'identité nationale (comme *mêmeté*, pour utiliser le concept de Ricœur).

11. Françoise Lorcerie, « L'islam comme contre-identification française : trois moments », in *L'Année du Maghreb. 2005-2006*, Paris, CNRS Éditions, 2007, p. 509-536.

12. Philippe Portier, « L'école et la religion. Un parcours de la laïcité française », *in* Jacques Ehrenfreund et Pierre Gisel (dir.), *Religieux, société civile, politique*, Lausanne, Antipodes, 2012, p. 67, note 35.

13. Jean-Marie Mayeur, *La Question laïque*, Paris, Fayard, 1997, p. 111. Cet auteur a contribué à détruire la « légende noire » selon laquelle la loi de séparation aurait été avant tout une mise au pas du catholicisme.

14. L'avis peut être consulté en ligne : affairesjuridiques.aphp.fr/textes/avis-n-346-893-du-conseil-detat-27111989-port-du-foulard-islamique/

15. Il est difficile de considérer l'avis comme laxiste : il encadre strictement la liberté d'expression des élèves.

16. Gwénaële Calvès ne partage pas notre appréciation positive de l'avis du Conseil d'État et parle d'une « logique casuistique de l'appréciation *in concreto* », « Comment comprendre et appliquer la loi du 15 mars

2004 sur les signes religieux à l'école », *in* Anne-Claire Husser, Philippe Martin, Yves Verneuil, *Laïcité scolaire. La loi de 2004 vingt ans après*, Lyon, Presses universitaires de Lyon, 2024, p. 98.

17. Entre 1989 et 2004, après la circulaire Jospin de 1990, il y eut celle de François Bayrou de 1994, dont l'esprit est proche de ce que sera la loi de mars 2004. Autant dire que la question du voile agite la salle des professeurs et la tête des chefs d'établissement qui ne savent plus à quel saint se vouer.

18. L'accusation de communautarisme est désormais régulièrement utilisée. C'est une mutation importante dans la mesure où, durant la décennie 1980, l'appartenance à une communauté est plutôt connotée positivement, y compris à gauche.

19. Luc Ferry, « Entretien avec Nicolas Weill », *Le Monde*, 10 janvier 2005.

20. Remis au président de la République, Jacques Chirac, le 11 décembre 2003, le rapport Stasi (dont nous reparlerons) est à l'origine de la loi du 15 mars 2004 sur les signes religieux à l'école. Il est équivoque : tout en dénonçant le communautarisme, il attribue le repli communautaire aux difficultés de l'intégration. Le rapport est consultable en ligne : www.vie-publique.fr/files/rapport/pdf/034000725.pdf

21. En réalité, des accommodements ont bien été consentis. Mais au bénéfice des établissements privés puisque la loi garantit qu'ils puissent conserver leur « caractère propre ». Cette exception aux règles constitutives de la laïcité, qui valide le principe d'un secteur

privé de l'éducation dont les élèves (environ 20 %) ne sont pas soumis à l'obligation de neutralité, n'émeut guère ses partisans les plus intransigeants, lesquels sont, en revanche, hostiles aux accommodements dès l'instant où ils pourraient favoriser les minorités. Notons, à l'intention de ceux qui vantent les inégalables vertus de la laïcité à la française, qu'au Royaume-Uni, pays dans lequel le souverain est le chef de l'Église établie et où il reçoit son mandat de l'archevêque de Canterbury, le pourcentage d'élèves dans le privé est environ trois fois plus faible. En outre, les écoles privées britanniques ne reçoivent aucune subvention financière directe de l'État. Néanmoins, le tiers environ des écoles d'État ont, en Angleterre, un statut religieux.

22. Voir le chapitre de Raberh Achi, « L'Algérie coloniale ou la confrontation inaugurale de la laïcité avec l'islam », *in* Abderrahmane Bouchène, Jean-Pierre Peyroulou, Ounassa Siari Tengour et Sylvie Thénault (dir.), *Histoire de l'Algérie à la période coloniale*, Paris, La Découverte, 2012, p. 206-212.

23. Comme le montrent les travaux d'Abdennour Bidar, notamment *Un islam pour notre temps*, Paris, Seuil, 2004 et *L'Islam spirituel de Mohammed Iqbal*, Paris, Albin Michel, 2017.

24. Jugement singulièrement optimiste car il n'était pas bien difficile d'en imaginer certaines. Comment, par exemple, allait-on aisément établir la frontière entre l'ostensible et le discret, le premier interdit et le second autorisé ? Voir Gwénaële Calvès, *Territoires disputés de*

la laïcité. 44 questions (plus ou moins) épineuses, Paris, PUF, 2018, notamment p. 144-150.

25. Voir Anna Elisabetta Galeotti, « Citizenship and Equality. The Place for Toleration », *Political Theory*, vol. 21, 1993, p. 585-605. L'article est une analyse de l'affaire de Creil.

26. Luc Bronner et Martine Laronche, « Une majorité de syndicats enseignants hostiles à la loi sur le voile », *Le Monde*, 17 décembre 2003. Une exception non négligeable toutefois : le SNPDEN (principale organisation des chefs d'établissement, affilié à l'UNSA, était, depuis décembre 2002, favorable à une loi). La circulaire d'application du 18 mai 2004 doit beaucoup aux préconisations des chefs d'établissement.

27. Pierre Tournemire, secrétaire général adjoint de la Ligue de l'enseignement, écrit lucidement : « Qu'on le dise clairement, c'est le foulard et plus généralement l'islam qui sont visés. Le risque d'une stigmatisation des musulmans de France, posée comme un préalable à la cohésion sociale, est grand », « Une loi qui serait inopportune », *Idées en mouvement*, n° 110, juin 2003.

28. Par 495 voix contre 36. On a parlé alors d'un « front républicain pour la laïcité ».

29. Loi n° 2004-228 du 15 mars 2004 « encadrant, en application du principe de laïcité, le port de signes ou de tenues manifestant une appartenance religieuse dans les écoles, collèges et lycées publics ». La circulaire du 18 mai est parue au *Bulletin officiel du ministère de l'éducation nationale* du 22 mai.

30. Gwénaële Calvès, « Comment comprendre et appliquer la loi du 15 mars 2004… », *op. cit.*, p. 101.

31. Une enquête de 2021 auprès de lycéens a montré qu'une majorité d'entre eux approuvent le port de vêtements religieux à l'école (bien au-delà des seuls élèves musulmans) et que les lois sur la laïcité sont jugées discriminatoires envers les musulmans par 37 % d'entre eux. Voir en ligne : www.leddv.fr/actualite/les-lyceens-daujourdhui-sont-ils-paty-20210303

32. Entretien avec Pierre Kahn, « Quelle laïcité voulons-nous ? », *ESF Sciences humaines*, 17 octobre 2023.

33. Il vaut la peine de méditer l'argumentaire d'Aristide Briand : « Ce serait encourir […] le reproche d'intolérance […] que de vouloir par une loi qui se donne pour but d'instaurer dans ce pays un régime de liberté au point de vue confessionnel, d'imposer aux ministres des cultes l'obligation de modifier la coupe de leurs vêtements. » Et il ajoutait, avec humour, que si le port de la soutane devait être interdit, on pourrait compter sur « l'ingéniosité combinée des prêtres et des tailleurs pour créer un vêtement nouveau […] pour permettre de distinguer au premier coup d'œil un prêtre de tout autre citoyen ». Dès lors, concluait-il, « la soutane devient un vêtement comme un autre, accessible à tous les citoyens ».

34. Ce qui est le cas aujourd'hui. Voir en ligne : www.service-public.fr/particuliers/vosdroits/F21613#

35. Aristide Briand, *La Séparation des Églises et de l'État. Rapport fait au nom des Commissions de la*

Chambre des députés, suivi de pièces annexes, Paris, Édouard Cornély et Cie, 1905, p. 266.

36. Jean Baubérot (avec la collaboration de Dorra Mameri-Chaambi), *La loi de 1905 n'aura pas lieu…*, *op. cit.*, 2021, p. 435.

37. Comme le remarque Stéphanie Hennette Vauchez, « la sémiotique nous enseigne que le signe en lui-même ne veut rien dire : et que le sens qui lui est prêté résulte toujours d'une co-construction entre l'intention de l'acteur et le regard de l'observateur », *L'École et la République. La nouvelle laïcité scolaire*, Paris, Dalloz, 2023, p. 210. Dans la même perspective, Gwénaële Calvès souligne que « seule une *situation de communication*, quelle que soit l'échelle retenue, permet de déterminer le sens d'un mot, d'un signe, ou d'un acte expressif quelconque », « Comment comprendre et appliquer la loi du 15 mars 2004… », *op. cit.*, p. 110.

38. Parmi les études importantes, Seyla Benhabib, *The Claims of Culture. Equality and Diversity in the Global Era*, Princeton, Princeton University Press, 2002 ; et, plus récemment, Nilüfer Göle, *Musulmans au quotidien. Une enquête européenne sur les controverses autour de l'islam*, Paris, La Découverte, 2015.

39. Stéphanie Hennette Vauchez, *L'École et la République…*, *op. cit.*, p. 211-212.

40. Olivier Loubes, « L'interdiction des propagandes politique et confessionnelle dans les établissements scolaires : deux circulaires de Jean Zay en 1936 et 1937 », *Vingtième Siècle. Revue d'histoire*, 81, janvier-mars 2004, p. 132.

41. Marc-Antoine Dilhac, « Faut-il relever le voile de la laïcité ? », octobre 2006, en ligne : www.academia.edu/168509/Faut_il_relever_le_voile_de_la_la%C3%AFcit%C3%A9_Working_paper_

42. François Dubet, « La laïcité dans les mutations de l'école », *in* Michel Wieviorka, *Une société fragmentée ? Le multiculturalisme en débat*, Paris, La Découverte, 1997, p. 83-112.

43. *Ibid.*, p. 111.

44. *Ibid.*, p. 99.

45. Voir Philippe Portier, « Le tournant illibéral de la laïcité française », *Le Grand Continent*, 21 février 2021.

Chapitre 3
Figures du dévoiement

1. Emmanuel Terray, « La question du voile : une hystérie politique », *Mouvements*, n° 32, mars-avril 2004, p. 96. Dans la même perspective, le sociologue américain Randall Collins parle de « zone d'hystérie » dans « Rituals of Solidarity and Security in the Wake of Terrorist Attack », *Sociological Theory*, vol. 22, n° 1, mars 2004, p. 53-87.

2. Abdelmalek Sayad, *L'École et les enfants de l'immigration. Essais critiques*, Paris, Seuil, 2014, p. 201-202. Ce livre est un recueil d'écrits posthumes, édité par Benoît Falaize et Smaïn Laacher. L'extrait cité provient d'un discours prononcé en 1998 lors des Journées de la Fédération nationale des élus socialistes et

républicains (FNESR). Aux événements rappelés par Sayad, on peut ajouter l'assassinat du président égyptien Anouar el-Sadate en 1981 par le Jihad islamique et, plus globalement, la montée des partis islamistes, notamment en Algérie et au Liban.

3. Jugement d'autant plus précieux qu'Abdelmalek Sayad, qui a été élève d'école normale (la Bouzareah, à Alger), se sent républicain. Il dénonce, dans ses textes sur l'école, ce que l'enseignement de la langue et de la culture d'origine (ELCO) introduit dans les classes : un personnel d'ambassade très religieux, « le loup dans la bergerie », *ibid.*

4. Emmanuel Terray, « La question du voile : une hystérie politique », art. cité, p. 96.

5. *Ibid.*, p. 97.

6. *Ibid.*, p. 98.

7. *Ibid.*, p. 104.

8. Jean Bodin (1530-1596) a parfaitement décrit le processus : l'État doit désigner un ennemi, même s'il est purement imaginaire, pour s'affirmer comme pouvoir souverain (Voir *Les Six Livres de la République*, 1576). Carl Schmitt reprendra la distinction ami/ennemi pour définir le politique.

9. Voir Sara Farris, *Au nom des femmes. Fémonationalisme : les instrumentalisations racistes du féminisme* [2017], Paris, Syllepse, 2021.

10. Roland Pfefferkorn, *Laïcité. Une aspiration émancipatrice dévoyée*, Paris, Syllepse, 2022, p. 85. Sur la fabrication d'un problème musulman, voir Abdellali Hajat et Marwan Mohammed, *Islamophobie. Comment*

les élites françaises fabriquent le « problème musulman », Paris, La Découverte, 2020.

11. Les femmes sont exclues de la citoyenneté alors même que la laïcité est installée en France en 1881-86 à l'école et en 1905 par la loi. Voir notamment Éliane Viennot (dir.), *La Démocratie « à la française » ou les femmes indésirables*, Paris, Publications de l'université Paris-VII – Denis-Diderot, 1996.

12. Ainsi Olivier Duhamel, « Faute de femmes », *L'Express*, 16 novembre 1995 : « Choquante au regard de l'universalité du droit, méprisante pour la femme quota, abusivement contraignante pour l'électeur, la parité relève d'une logique communautariste. Elle ouvre la voie à des revendications équivalentes pour représenter les Noirs ou les Beurs, les musulmans ou les catholiques. Bref, elle est contraire dans son essence à l'universalisme républicain. » La rhétorique des « effets pervers » est un leitmotiv des conservateurs : confrontés à une demande de justice, ils prédisent systématiquement les conséquences les plus noires.

13. Assimilation dont, au moment de la conquête coloniale, on ne cessera de douter, entretenant diverses craintes qui perdurent aujourd'hui jusqu'à se transformer en peur panique.

14. Voir plus haut la distinction entre principes et valeurs. La déclaration de Jean-Michel Blanquer en est une parfaite illustration : il ne semble pas comprendre que la nature de laïcité, à l'opposé de ce qu'il énonce, est de permettre la coexistence d'individus qui n'ont pas nécessairement les mêmes valeurs. C'est pourquoi

on a pu, à juste titre, dire de la laïcité qu'elle est au fondement du pluralisme des valeurs.

15. Valentine Zuber, « Laïcité », *in* Alain Policar, Nonna Mayer et Philippe Corcuff (dir.), *Les Mots qui fâchent*, Paris, L'Aube, 2022, p. 104-109.

16. Haoues Seniguer, *La République autoritaire. Islam et France et illusion républicaine (2015-2022)*, Lormont, Le Bord de l'eau, 2022.

17. Hourya Bentouhami, « Phénoménologie politique du voile », *Philosophiques*, vol. 44, n° 2, 2017, p. 273.

18. Cité par Véronique Rieu, *L'Anticléricalisme féministe sous la IIIe République (1875-1914)*, Paris, L'Harmattan, 2015, p. 161.

19. Il faut se souvenir de l'attitude des députés et sénateurs qui ont résisté durant deux années à adopter la loi Camille Sée du 21 décembre 1880 instaurant un enseignement secondaire féminin.

20. Voir Sidi Mohammed Barkat (2005), *Le Corps d'exception. Les artifices du pouvoir colonial et la destruction de la vie*, Paris, Amsterdam, 2024.

21. Chiffre avancé par Ismahane Chouder dans le film de Dhia Ben Naser, *2004-2024. Les 20 ans d'une loi islamophobe*.

22. Voir Emmanuel Blanchard, « La France a une histoire longue de racialisation de l'emprise policière », *Le Monde*, 2 juillet 2023. Le politiste souligne que le rapport des forces de l'ordre au droit est, depuis longtemps, ambivalent et qu'il s'est encore relâché ces dernières années.

23. Todd Shepard, *Mâle décolonisation. L'« homme arabe » et la France, de l'indépendance algérienne à la révolution iranienne*, Paris, Payot, 2017, et « L'Arabe au sexe-couteau. Sexualité et racisme postcolonial en France », entretien d'Emmanuel Laurentin avec Todd Shepard, *Esprit*, novembre 2023, p. 73-80.

24. Olivier Esteves, « Turban des Sikhs en Grande-Bretagne et hijab des musulmanes en France », *AOC*, 3 mai 2024.

25. Sur cette question, on se reportera à Réjane Sénac, *L'Égalité sous conditions. Genre, parité, diversité*, Paris, Les Presses de Sciences Po, 2015.

26. Voir aussi les témoignages recueillis en 2003 par Véronique Giraud et Yves Sintomer, *Des filles comme les autres. Au-delà du foulard ?*, Paris, La Découverte, 2004.

27. Mahraz Shirali, *Entre islam et démocratie. Parcours de jeunes Français d'aujourd'hui*, Paris, Armand Colin, 2007.

28. Elle écrit à propos des jeunes étudiés par Mahnaz Shirali : « Ils sont bien des enfants de la démocratie. Ils en ont intériorisé les espérances, ils veulent, comme nous tous, bénéficier de plus de bien-être et de plus d'égalité. Mais ils n'en ont pas appris les contraintes et les conditions et ils ne disposent pas des moyens matériels et intellectuels nécessaires pour participer pleinement aux bienfaits de la démocratie. De plus, ils ont été mal acceptés par une société, elle-même mal assurée dans ses propres normes et ses propres valeurs. D'où leurs explosions de violence incontrôlées,

dirigées vers leurs proches ou vers ceux qui s'efforcent de les aider. C'est parce qu'ils sont des enfants de la démocratie qu'ils la dénoncent avec violence et s'opposent avec véhémence à tout. »

29. Il est rare que des distinctions, pourtant essentielles, entre types de « voile » soient faites par les partisans d'une laïcité intransigeante. Quoi de commun entre le foulard de Latifa ibn Ziaten (dont, rappelons-le, le fils a été assassiné par Mohammed Merah) et le voile noir des salafistes ?

30. Dominique Schnapper, *La France de l'intégration. Sociologie de la nation en 1990*, Paris, Gallimard, 1991. Cet ouvrage insiste sur la spécificité française en matière d'intégration des populations immigrées. Il n'est pas certain que cette spécificité soit aussi forte que le pensent ses partisans.

31. François Héran, « L'intégration des immigrés : débats et constats », *Vie des idées*, 14 janvier 2020.

32. *Le Temps*, 27 janvier 1886 (la citation figure sur un mur du musée de l'Immigration à Paris).

33. Farhad Khosrokhavar, « L'universel abstrait, le politique et la construction de l'islamisme comme forme d'altérité », *in* Michel Wieviorka (dir.), *Une société fragmentée ? Le multiculturalisme en débat*, Paris, La Découverte, 1997, p. 117.

34. Didier Lapeyronnie, « Quelle intégration ? », *in* Bernard Loche et Christophe Martin (dir.), *L'Insécurité dans la ville. Changer de regard*, Paris, L'Œil d'or, 2003, p. 96.

35. Alain Finkielkraut, *L'Identité malheureuse*, Paris, Stock, 2013, p. 113.

36. Jean-François Chanet, *L'École républicaine et les petites patries*, Paris, Aubier, 1996 ; Mona Ozouf, *Composition française. Retour sur une enfance bretonne*, Paris, Gallimard, 2009.

37. Maurice Samuels, *Le Droit à la différence. L'universalisme français et les juifs* [2016], Paris, La Découverte, 2022.

38. *Ibid.*, p. 33.

39. *Ibid.*, p. 22.

40. *Ibid.*, p. 37.

41. *Ibid.*, p. 38.

42. Phyllis Cohen Albert, « Ethnicity and Jewish Solidarity in Nineteenth-Century France », 1982, cité par Maurice Samuels, *Le Droit à la différence…*, *op. cit.*, p. 77. De la même autrice, « The Right to be Different : Interpretations of the French Revolution Promises to the Jews », *Modern Judaism*, vol. 12, n° 3, octobre 1992, p. 243-257.

43. Maurice Samuels, *Le Droit à la différence…*, *op. cit.*, p. 78.

44. Cette expression est la traduction du yiddish *men ist azoy wie Gott in Frankreich*. Elle date d'une époque où, en Europe, seule la France avait émancipé les Juifs et les avait fait citoyens. L'expression fut ensuite reprise par les Allemands.

45. Celui-ci est surtout vif au sein de l'islamisme : voir le livre de Sayyid Qutb, *Notre lutte contre les Juifs*

(1950), et le pacte du Hamas de 1988 qui cite le célèbre faux antisémite, les *Protocoles des Sages de Sion*.

46. L'édition de 2002 comprend neuf auteurs et autrices et un collectif d'enseignant.e.s du lycée Bergson. Celle de 2004 ajoute à ceux-ci six autres et une association, intitulée PEREC (Pour une école républicaine et citoyenne). Sur la composition de l'échantillon et les principaux biais, voir Ismaïl Ferhat et Laurent Gutierrez, « "Territoires perdus de la République" : vingt ans après, un best-seller sur l'école à interroger », *The Conversation*, 6 février 2023.

47. Un an après, un rapport sur « Les signes et manifestations d'appartenance religieuse dans les établissements scolaires » va dans le même sens, bien que, selon l'inspecteur général Obin lui-même, dont le rapport porte le nom, le nombre très réduit de personnes consultées ne permet pas de généraliser ses enseignements. Il sera pourtant, à la demande de la Licra, disponible sur le site du ministère en mars 2005 puis publié en 2006 sous la direction, entre autres, d'Alain Seksig et de Barbara Lefebvre sous le titre suivant : *L'École face à l'obscurantisme religieux. 20 personnalités commentent un rapport choc de l'Éducation nationale*, Paris, Max Milo.

48. Et ce en dépit des précautions des auteurs qui refusent que leur discours puisse paraître conservateur : ils disent ne pas vouloir confondre les « territoires perdus » avec les zones de relégation sociale que sont les banlieues et insistent avant tout sur la dégradation

de la fonction enseignante et, corrélativement, du rapport au savoir. Thèse qu'Alain Finkielkraut a commencé à défendre dès *La Défaite de la pensée* en 1989, ouvrage dans lequel il promeut la « vraie culture », celle qui entretient un rapport avec l'activité de penser, face à la croissance des activités dites culturelles qui relèveraient de la simple consommation.

49. Une belle réponse a été faite dans l'ouvrage dirigé par Benoît Falaize, *Les Territoires vivants de la République*, Paris, La Découverte, 2018, qui montre que de telles craintes sont largement infondées. Tout récemment, l'enquête menée sous la direction de Françoise Lantheaume et Sébastien Urbanski, *Laïcité, discriminations, racisme. Les professionnels de l'éducation face à l'épreuve*, Lyon, PUL, 2023, corrobore ces résultats. Voir également le dialogue entre Iannis Roder et Benoît Falaize, en ligne : www.lemonde.fr/idees/article/2018/09/03/laicite-a-l-ecole-territoires-perdus-et-territoires-vivants-de-la-republique_5349332_3232.html

50. Pierre-André Taguieff, *La Nouvelle Judéophobie*, Paris, Mille et Une Nuits, 2002.

51. On peut en effet en douter, comme Nicolas Weill n'hésite pas à le faire dans *La République et les antisémites*, Paris, Grasset, 2004, p. 12.

52. Eva Illouz, *Le 8-Octobre. Généalogie d'une haine vertueuse*, Paris, Gallimard, « Tracts », 2024.

53. Sur cette transformation et, plus généralement, sur les rapports entre racisme et antisémitisme, on lira l'article de Michel Wieviorka, « Racisme et antisémitisme contemporains : métamorphoses, continuités et discontinuités », *Socio*, n° 18, 2023, p. 159-172.

54. Balázs Berkovits, « De quelle couleur sont les Juifs ? », première partie, 14 juin 2021, *K. Les Juifs, l'Europe, le XXIe siècle* (k-larevue.com/de-quelle-couleur-sont-les-juifs-premiere-partie/). L'article est précieux ; il n'emporte cependant pas notre assentiment sur la totalité des thèses défendues.

55. Collectif des Juifs antiracistes et anticolonialistes (2018).

56. Accusation d'autant plus infondée que la création d'un État pour les Juifs n'a pas, tant s'en faut, aboli l'*ethos* minoritaire, lequel demeure la marque puissante de l'autoconscience juive. L'hostilité au sionisme, avant la création d'Israël, est consubstantielle au judaïsme diasporique. Le diasporisme, défini comme l'incompatibilité du mode d'existence des Juifs et de l'État, reste vivace : on citera, pour l'illustrer, Richard Marienstras, *Être un peuple en diaspora*, Paris, François Maspero, 1977, et, plus récemment, Daniel Boyarin, *The No-State Solution. A Jewish Manifesto*, New Haven, Yale University Press, 2023.

57. Auteur du pamphlet antisémite *La France juive* (1886), Édouard Drumont considère en effet que « le Juif dangereux, c'est le Juif vague », c'est-à-dire celui qu'on ne peut reconnaître.

58. Voir en ligne : indigenes-republique.fr/racismes-et-philosemitisme-detat-ou-comment-politiser-lantiracisme-en-France-3/

59. J'emprunte, avec reconnaissance, cette suggestive présentation à Pierre Madelin.

60. Attirer l'attention sur cette dimension n'est pas réduire, comme le font certains marxistes, toutes les oppressions à la lutte des classes.

61. Albert Camus, *L'Homme révolté*, Paris, Gallimard, 1951, p. 316-317.

62. Ce reproche n'est pas toujours dénué de fondement : les milieux communautaires, le grand rabbinat, les gouvernements israéliens ont contribué à déshistoriser le génocide des Juifs en l'ancrant dans l'ordre de la sacralité et de l'incommensurabilité.

63. Position clairement défendue par Joëlle Marelli : « On voit mal à quoi peut servir la distinction en cette matière, sinon à établir une hiérarchie entre racisme et antisémitisme » (« Usages et maléfices du thème de l'antisémitisme en France », *in* Nacira Guenif-Souillamas (dir.), *La République mise à nu par son immigration*, Paris, La Fabrique, p. 136).

64. François Azouvi, *Du héros à la victime. La métamorphose contemporaine du sacré*, Paris, Gallimard, 2024, p. 104-105.

65. La critique du colonialisme israélien devrait, pour n'être pas ambiguë, s'accompagner de celle du colonialisme russe vis-à-vis de l'Ukraine ainsi que de la condamnation des diverses répressions contre des groupes ethniques, les Kurdes par la Turquie, les Tamouls par le Sri Lanka, etc.

66. David Schraub, « White Jews : An Intersectional Approach », *AJS Review*, vol. 43, n° 2, novembre 2019, p. 6.

67. Voir le dialogue entre Michaël Fœssel et Bruno Karsenti, « Comment la gauche peut-elle combattre l'extrême droite ? », propos recueillis par Nicolas Truong, *Le Monde*, 8 novembre 2024. Cette justification est liée au refus de percevoir la singularité de l'antisémitisme en la dissolvant dans le racisme en général conçu comme un rapport de domination d'origine coloniale.

68. Balázs Berkovits, « De quelle couleur sont les Juifs ? », deuxième partie, 21 juin 2021, *K. Les Juifs, l'Europe, le XXI*e *siècle* (k-larevue.com/de-quelle-couleur-sont-les-juifs-deuxieme-partie/).

69. Maurice Blanchot, en évoquant l'engagement propalestinien des jeunes, écrit : « Chez aucun d'entre eux il n'y a d'antisémitisme, fût-il latent, et même aucune idée de ce qu'est et a été l'antisémitisme. Le sens d'Israël même, dans ce qu'il a de plus manifeste, leur échappe absolument. […] C'est comme si Israël était mis en péril par l'ignorance – ou une ignorance peut-être innocente, mais dès lors lourdement responsable et privée d'innocence –, mis en péril par ceux qui veulent exterminer le Juif parce que Juif, et par ceux qui ignorent absolument ce que c'est qu'être Juif. » Lettre reproduite dans Emmanuel Levinas, *Du sacré au saint*, Paris, Minuit, 1977.

70. L'idée que la Shoah fournit une raison paradoxale de haïr les Juifs est parfois désignée sous le nom d'« antisémitisme secondaire ». Celui-ci se manifeste « de plusieurs manières : par une incapacité à reconnaître toute forme de responsabilité collective pour la

Shoah, par la négation ou la relativisation de l'extermination, par un rejet de sa commémoration, et par une tendance à renverser les rôles de bourreaux et de victimes ». Bruno Quélennec, « "Les Allemands ne pardonneront jamais Auschwitz aux Juifs" (Zvi Rex). Genèse, portée et limites du concept d'"antisémitisme secondaire" », *Cités*, 2021/3, n° 87, p. 33.

71. Cette tentation n'est pas nouvelle : ainsi, de manière typique, dans un texte cherchant à laver Heidegger du soupçon de nazisme, Françoise Dastur fait des Juifs les inventeurs du principe de la race (*via* la doctrine biblique de l'élection) et ajoute qu'ils se sont rendus coupables du premier génocide de l'histoire, lors de la conquête de Canaan : aussi, ajoute-t-elle, « dire comme le fait Heidegger que les Juifs vivent depuis longtemps selon le principe racial, semble n'être que la reconnaissance d'un fait », Françoise Dastur, « Y a-t-il une "essence" de l'antisémitisme ? », *in* Peter Trawny et Andrew J. Mitchell (dir.), *Heidegger, die Juden, noch einmal*, Francfort-sur-le-Main, Klostermann, 2015, p. 90. Notons que l'autrice n'hésite pas à proposer une stratégie d'éradication lexicale : le terme même d'*antisémitisme* devrait, selon elle, être abandonné, car « fourre-tout », au profit de celui de *critique* (des Juifs et du judaïsme) ! Pour une excellente analyse de cet antisémitisme « savant », voir Gérard Bensussan, « "Éternellement nouveau", l'antisémitisme », *Cités*, n° 87, 3/2021, p. 73-85.

72. Henriette Asséo et Claudia Moatti, « Les paradoxes de l'antisémitisme actuel », *K. Les Juifs, l'Europe*

*et le XXI*e siècle, 13 novembre 2024 (k-larevue.com/paradoxes-antisemitisme).

73. Albert Memmi, *Juifs et Arabes*, Paris, Gallimard, 1974, p. 152.

Chapitre 4
Le pluralisme en péril

1. Guillaume Caline et Jeanne Malet, « Le rapport des jeunes Français à la laïcité dans un monde globalisé », LACES, GSRL et Institut universitaire de France, novembre 2023.

2. Voir Emmanuel Saint-Fuscien, *L'École sous le feu. Janvier et novembre 2015. Essai d'histoire du temps présent*, Paris, Passés composés, 2022.

3. Inquiétant glissement : sous la IIIe République, la morale laïque et patriotique cherchait à mobiliser contre l'ennemi extérieur. Alors qu'elle s'adressait à tous les élèves, elle ne vise aujourd'hui que ceux que l'on soupçonne de ne pas adhérer à ses valeurs.

4. Jean-Yves Pranchère, « Le meurtre de Samuel Paty et les exigences des Lumières », *Esprit*, décembre 2020, p. 9.

5. Rétabli depuis par le tribunal administratif de Lille (le 23 avril 2025)

6. La directrice de l'enseignement scolaire (DGESCO), Caroline Pascal, a explicitement défendu, sur France 2 (*Complément d'enquête*, 10 octobre 2024), l'établissement, « exigeant », « rigoureux », qui bénéficie de l'adhésion des parents, et au sein duquel

« les élèves sont majoritairement contents de l'enseignement qu'ils reçoivent ». En contrepoint, on lira la longue enquête de Pierre Mathiot, « L'affaire du lycée musulman Averroès », *AOC*, du 21 au 25 octobre 2024. Sur la nécessité d'une approche attentive aux dérives xénophobes, voire racistes, que tolère une laïcité incantatoire, on lira l'ouvrage lucide de Jean-Louis Auduc, *Laïcité. Que de trahisons on commet en ton nom !*, Paris, Rue de Seine, 2023, notamment p. 127-144.

7. « Emmanuel Macron : deux ans à Bercy émaillés de polémiques », *Le Monde* (avec l'AFP), 30 août 2016.

8. Catherine Kintzler, « Ce n'est pas en se taisant que la République finira par gagner », *Le Figaro*, 10 avril 2014.

9. Sans entretenir de réels doutes sur les intentions de celles et ceux qui cherchent à disqualifier ces champs d'étude, on ne peut cependant nier que des militants antiracistes dont l'engagement n'est pas douteux ont, à juste titre, alerté sur le paradoxe lexical consistant à lutter contre le racisme par la mise en exergue du concept de race. On ne peut en effet négliger les effets métaphoriques non maîtrisés (non maîtrisables ?) de cet usage : laisser entendre que la race est une catégorie *réelle* et non nominale. Usage pourtant nécessaire en raison de l'existence d'identités raciales, lesquelles, indépendamment de leur inscription dans le réel, sont génératrices d'exclusion et de meurtre. Comme l'ont fortement souligné, d'abord Colette Guillaumin, puis Kwame Anthony Appiah, la sorcellerie n'existe pas, ce

qui n'a pas empêché que des femmes soient brûlées en tant que sorcières. Voir Kwame Anthony Appiah, « Race, culture, identité », *in* Magali Bessone et Daniel Sabbagh (dir.), *Race, racisme, discriminations. Une anthologie de textes fondamentaux*, Paris, Hermann, 2015.

10. Jean Jaurès, « L'ordre sanglant », *L'Humanité*, 22 avril 1912.

11. Jean Jaurès, « De la neutralité », *Revue de l'enseignement primaire et primaire supérieur*, 4 octobre 1908, reproduit dans Jean Jaurès, *Pour la laïque et autres textes*, Lormont, Le Bord de l'eau, 2006, p. 52.

12. Laurence Loeffel, « Présentation », *in* Jean Jaurès, *Pour la laïque…*, *op. cit.*, p. 40.

13. Nous nous permettons de renvoyer à Alain Policar, *Le wokisme n'existe pas*, Lormont, Le Bord de l'eau, 2024.

14. Dans un article sur le racisme au sein de l'Université en tant qu'institution, Magali Bessone le définit comme processus d'institutionnalisation d'habitudes ou de régularités qui produisent ou reproduisent des inégalités raciales tout en étant constituées d'expériences inaperçues. « L'institution universitaire et le racisme institutionnel », *Le Télémaque*, n° 64, 2023-2, p. 51-63. L'un des intérêts de ce texte est la volonté de concilier les notions de racisme individuel et de racisme structurel pour décrire et évaluer les enjeux de la lutte contre le racisme à différents niveaux (micro, méso et macro).

15. Voir Baudouin Dupret, « Qualifier, disqualifier : de la fonction des mots dans le discours sur l'Autre arabo-musulman », *in* Espace arabesque (dir.), *La Peur et la Séduction. L'autre dans l'imaginaire occidental et arabo-musulman*, Bruxelles, Sabir, 1992, p. 64-73.

16. Olivier Esteves, Alice Picard et Julien Talpin, *La France, tu l'aimes mais tu la quittes. Enquête sur la diaspora française musulmane*, Paris, Seuil, 2024.

17. Des critiques méthodologiques ont été faites à propos des modalités de collecte de l'échantillon. Qu'elles soient ou non fondées, elles ne remettent pas en question l'existence du malaise, mais seulement la précision de la mesure de celui-ci.

18. Louise Couvelaire, « Ces Françaises et Français de confession musulmane "bien installés" qui songent de plus en plus à émigrer », *Le Monde*, 18 avril 2024. L'enquête dont l'article rend compte a donné lieu à la publication du livre mentionné *supra* (note 16). Le film de Dhia Ben Naser, mentionné à la note 21 du chapitre 3, corrobore la thèse de l'ouvrage.

19. Voir Michel Wieviorka, *La Démocratie à l'épreuve. Nationalisme, populisme, ethnicité*, Paris, La Découverte, 1993.

20. Jean-François Bour, « Trop de nos concitoyens musulmans ne savent plus s'ils peuvent compter sur l'estime d'un pays dont ils contribuent à forger le destin », *Le Monde des religions*, 5 juillet 2024.

21. Luc Cédelle, *Le Système Blanquer. Analyse d'un discours sur l'école et la société*, La Tour d'Aigues, L'Aube, 2022, p. 301.

22. Étienne Balibar, « Laïcité ou identité », *Libération*, 30 août 2016.

23. Stuart Hall, *Race, ethnicité, nation. Le triangle fatal* [2017], Paris, Éditions Amsterdam, 2022.

24. À cet égard, il n'est pas inutile de rappeler que le préambule de l'édit de Nantes exprime le souhait que la division religieuse qu'il organise soit aussi brève que possible.

25. Sur la recherche de l'homogénéité, on lira Patrick Cabanel, *Le Droit de croire. La France et ses minorités religieuses, XVIe-XXIe siècle*, Paris, Passés composés, 2024.

26. Gwénaële Calvès, « Des habitus laïques ? Des habitus antilaïques ? », communication à l'invitation des organisateurs du cycle de conférences « République, École, Laïcité » du Conservatoire national des arts et métiers (CNAM) et du Conseil des sages de la laïcité du ministère de l'Éducation nationale, 20 décembre 2020.

27. Vincent Genin, *Une histoire intellectuelle de la laïcité de 1905 à nos* jours, Paris, PUF, 2024.

28. Vincent Genin, « C'est ça, la laïcité ? Mythologies laïques et République du même », *Esprit*, mars 2023, p. 97-107.

29. Luc Cédelle, *Le Système Blanquer…*, *op. cit.*, p. 303.

30. *Ibid.*

31. Justification à laquelle les plus grands esprits ont pu céder. Ainsi Victor Hugo, qui écrit que « faire l'éducation du genre humain, c'est la mission de l'Europe.

[…] L'enseignement des peuples a deux degrés, la colonisation et la civilisation […] La France civilisera le monde colonisé ». Victor Hugo, *Le Rhin*, tome 4, Hachette BnF, 1858, p. 185.

32. Ronald Dworkin, « Désobéissance civile et protestation contre le nucléaire », in *Une question de principe*, Paris, PUF, 1996, p. 133-150. Sur l'œuvre de Dworkin, je me permets de renvoyer à Alain Policar, *Ronald Dworkin ou la valeur de l'égalité*, Paris, CNRS Éditions, 2015.

33. Ronald Dworkin [2017], *Prendre les droits au sérieux*, trad. fr., Paris, PUF, 1995, p. 325.

34. *Ibid.*, p. 324.

35. Émilie Tardivel, « Pour un libéralisme critique. Égale dignité et droit de résistance dans la pensée de János Kis », *Sens public*, 2005/02 (www.sens-public.org/spip.php?article118).

36. Bruno Perreau, *Sphères d'injustice. Pour un universalisme minoritaire*, Paris, La Découverte, 2023. Voir également, du même auteur, « L'invention républicaine. Éléments d'une herméneutique minoritaire », *Pouvoirs*, n° 111, 2004, p. 41-53.

37. Les nombreuses questions posées par l'exigence de neutralité sont examinées d'un point de vue juridique, mais aussi historique, dans l'ouvrage précieux de Gwénaële Calvès, *La Laïcité*, Paris, La Découverte, 2022, p. 89-111.

38. Ferdinand Buisson [1908], *La Foi laïque. Extraits de discours et d'écrits*, Lormont, Le Bord de l'eau, 2007. Sur l'œuvre de Buisson, voir Vincent

Peillon, *Une religion pour la République. La foi laïque de Ferdinand Buisson*, Paris, Seuil, 2010.

39. Ferdinand Buisson, *Dictionnaire de pédagogie et d'instruction primaire* [1887], Paris, Robert Laffont, Bouquins, « Laïcité », 2017.

40. Jean Jaurès, « Neutralité et impartialité », *Revue de l'enseignement primaire et primaire supérieur*, 4 octobre 1908, reproduit dans Jean Jaurès, *Pour la laïque…*, *op. cit.*, p. 48.

41. Jean Jaurès, « La valeur des maîtres », *Revue de l'enseignement primaire et primaire supérieur*, 25 octobre 1908, *in* Jean Jaurès, *Pour la laïque…*, *op. cit.*, p. 56.

42. *Ibid.*, p. 58-59.

43. Comme le remarquent Béatrice Mabilon-Monfils et Geneviève Zoïa, cet arbitraire se manifeste « à travers une cooptation culturelle et non une procédure rationnelle de sélection », *La Laïcité au risque de l'autre*, La Tour d'Aigues, L'Aube, 2014, p. 74. Les autrices attirent l'attention, alors que l'école ne permet plus une certaine mobilité sociale, sur la difficulté des descendants de l'immigration arabo-musulmane, tiraillés entre l'injonction à s'intégrer et la fidélité à leurs racines, à comprendre le sens des leçons de morale laïque. D'autant, ajoutent-elles, qu'un « débat binaire et stérile s'installe entre islam et laïcité » (p. 87).

44. François Dubet, « La laïcité dans les mutations de l'école », *op. cit.*, p. 101.

45. Voir Jeffrey Spinner-Halev, *The Boundaries of Citizenship. Race, Ethnicity and Nationality in the Liberal State*, Baltimore/Londres, Johns Hopkins University Press, 1994.

46. Le désintérêt pour l'organisation raciale de la société désavantage systématiquement les groupes minoritaires. Voir Michael Hardimon, « Should We Narrow the Scope of "Racism" to Accommodate White Sensibilities ? », *Critical Philosophy of Race*, vol. VII, n° 2, 2019, p. 223-246.

47. Pablo Da Silveira, « Deux conceptions de la neutralité de l'État », *Philosophiques*, vol. 23, n° 2, automne 1996, p. 244 et p. 249.

48. *Ibid.*, p. 250.

49. Voir Sébastien Ledoux, « L'École à l'épreuve de l'attentat de *Charlie Hebdo* : quand les minutes de silence parlent aussi », *Mémoires en jeu*, n° 4, septembre 2017, p. 65-71. Et, dans le prolongement de cet article, mais après l'assassinat de Samuel Paty, voir Ismaïl Ferhat et Sébastien Ledoux, *Une école sous le choc ?*, Lormont, Le Bord de l'eau, 2024.

50. Stéphanie Hennette Vauchez, *L'École et la République. La nouvelle laïcité scolaire*, Paris, Dalloz, 2023, p. 11.

51. Voir Stéphanie Hennette-Vauchez et Vincent Valentin, *L'Affaire Baby Loup et la nouvelle laïcité*, Paris, LGDJ, 2014.

52. Une des manifestations de la catho-laïcité est le fait que les cathédrales et églises catholiques construites avant 1905 sont à la charge des départements et des communes, alors que les temples et les synagogues sont à la charge de leurs fidèles. Un autre indice de ce biais majoritaire se manifeste dans le très large financement

public de l'enseignement catholique. C'est paradoxalement récompenser l'Église et son opposition à la laïcité. Et, plus gravement encore, c'est, à l'encontre de l'idéal laïque, favoriser la ségrégation scolaire.

53. Cette vision est, selon François Durpaire et Béatrice Mabilon-Bonfils, très présente dans les manuels d'histoire du secondaire : ils seraient caractérisés par le primat de l'islamisation sur l'islam, soit la réduction de ce dernier à la conquête. Voir François Durpaire et Béatrice Mabilon-Bonfils, *La Fin de l'école*, Paris, PUF, 2014.

54. Cécile Laborde, *Philosophie libérale de la religion* [2017], Paris, Raison publique/Hermann, « L'Avocat du diable », 2023, p. 7.

55. Le développement d'un islam rigoriste est largement lié à l'influence de courants, souvent venus du Moyen-Orient, importés en France à la fin des années 1980. L'écho que ces courants ont, hélas, pu trouver dans la jeunesse française ne peut être compris en occultant les expériences de discrimination et de stigmatisation que vivent les minorités issues de l'immigration postcoloniale.

56. Anne-Sophie Lamine, « Les foulards de la République », *Revue des sciences sociales*, n° 35, 2006, p. 163.

57. Par cette expression, on décrit l'influence grandissante de l'islam dans la vie quotidienne des musulmans.

58. La situation évolue cependant : l'État français cherche à organiser le « culte musulman » sur l'exemple des autres cultes reconnus dans l'Hexagone. Il souhaite

également s'assurer du contrôle de la formation des imams et négocier les différents problèmes qui se posent dans le cadre de l'exercice de ce culte. Un désavantage de taille demeure néanmoins. Il concerne les projets de construction de mosquées, qui se heurtent généralement à l'opposition des habitants des quartiers concernés et, parfois, à celle des autorités municipales elles-mêmes, qui invoquent à cet effet la séparation de l'Église et de l'État.

59. Éric Macé, « Des "minorités visibles" aux stéréotypes », *Journal des anthropologues*, hors-série, 2007, p. 71.

60. Reproduit dans *Le Monde* du 9 décembre 2005.

61. Le Français Jean Baubérot, le Mexicain Roberto Blancarte, la Canadienne Micheline Milot en furent à l'initiative. Le texte, présenté au Sénat, a été rédigé, outre les trois noms déjà mentionnés, par le professeur et ministre belge Hervé Hasquin, qui présidait la séance, les professeurs et/ou chercheurs Alex Hargreaves (Royaume-Uni), Jeremy Gunn (États-Unis), Fortunato Mallimaci (Argentine), Kim Hien Nguyen (Vietnam), Ingwill Plessner (Norvège), Nicolas Schabourov (Russie) et d'autres encore, absents lors de la présentation.

62. La distinction entre ces deux notions est importante : elle autorise les accommodements raisonnables lorsque le traitement égal ne suffit pas à permettre l'égalité. C'est un point sur lequel Ronald Dworkin a insisté, à juste titre. Pour lui, le droit à être *traité comme un égal* est fondamental alors que celui à *traitement égal*

est dérivé. Voir Ronald Dworkin, *Prendre les droits au sérieux* [1977], Paris, PUF, 1995, p. 327 et suivantes.

63. Deux « guerres scolaires » (1879-1884 puis 1950-1959) ont durablement marqué le parcours de la laïcité en Belgique. L'éducation reste l'un des enjeux centraux du débat politique. Mais, sur ce point, la situation française n'est guère différente.

64. Voir Marc-Antoine Dilhac, « Faut-il relever le voile de la laïcité ? », art. cité.

65. Édouard Delruelle, « De la laïcité comme *dissensus communis* », *Interrogations*, n° 25, décembre 2017.

66. Pierre Guenancia, « Identité et cosmopolitisme », *Raison présente*, n° 201, mars 2017, p. 81.

Conclusion
Menace sur la démocratie

1. Jean Jaurès, « Pour la laïque », *in* Jean Jaurès, *Pour la laïque et autres textes*, Lormont, Le Bord de l'eau, 2006, p. 67.

2. Voir Claude Lefort, *L'Invention démocratique*, Paris, Fayard, 1994.

3. Voir Philippe Portier, « La crise de la laïcité française », *Critique*, n° 924, mai 2024, p. 427-438 (notamment p. 433).

4. Titre d'une conférence donnée à Columbia University, le 25 avril 1995, et publiée en français sous le titre *Reconnaître le fascisme*, Paris, Grasset, 1997.

Umberto Eco se propose de spécifier le fascisme. Il énonce quatorze caractéristiques, mais elles ne font pas système : il suffit, écrit-il, « qu'une seule d'entre elles soit présente pour faire coaguler une nébuleuse fasciste » (p. 34).

5. « L'enseignement laïque », Discours au lycée de Castres, 30 juillet 1904, *L'Humanité*, 2 août 1904.

6. Voir le bel article de Jean-François Dupeyron, « Trouble(s) dans l'universel », *Annuel de la recherche en philosophie de l'éducation*, 2023/3 (www.sofphied.org/annuel-de-la-recherche-en-philosophie-de-l-education/arphe-2022/dossier/article/trouble-s-dans-l-universel).

7. Frantz Fanon, *Peau noire, masques blancs* [1952], Paris, Seuil, 2015, p. 187.

Remerciements

Je remercie Vincent Peillon, pour son amitié bienveillante : si l'on devait reconnaître quelque mérite à ce livre, sa patiente relecture en serait l'une des principales raisons ; Sandrine Treiner, pour la confiance dont elle m'honore ; ainsi que Magali Bessone, David Chaillou, Souleymane Bachir Diagne, Alexandre Escudier, Cécile Laborde, Bernard Lahire, Sarah Maza, Jean-Yves Pranchère, Myriam Revault d'Allonnes, Irène Théry, Michel Wieviorka, Francis Wolff, Frédéric Worms, Paul Zawadzki et Anna Zielinska pour, au-delà de nos éventuels désaccords, leur précieuse complicité intellectuelle.

Bibliographie

ACHI Raberh, « L'Algérie coloniale ou la confrontation inaugurale de la laïcité avec l'islam », *in* BOUCHÈNE Abderrahmane, PEYROULOU Jean-Pierre, SIARI TENGOUR Ounassa et THÉNAULT Sylvie (dir.), *Histoire de l'Algérie à la période coloniale*, Paris, La Découverte, 2012, p. 206-212.

ALAIN, *Propos sur l'éducation* [1932], Paris, PUF, 2005.

ALDUY Cécile, « La laïcité dans le "grand débat", ou comment entendre les silences », *AOC*, 4 février 2017.

APPIAH Kwame Anthony, « Race, culture, identité », *in* Magali Bessone et Daniel Sabbagh (dir.), *Race, racisme, discriminations. Une anthologie de textes fondamentaux*, Paris, Hermann, 2015, p. 48-71.

ASSÉO Henriette et MOATTI Claudia, « Les paradoxes de l'antisémitisme actuel », *K. Les Juifs, l'Europe et le XXI*e siècle, 13 novembre 2024.

AUDUC Jean-Louis, *Laïcité. Que de trahisons on commet en ton nom !*, Paris, Rue de Seine, 2023.

AZOUVI François, *Du héros à la victime. La métamorphose contemporaine du sacré*, Paris, Gallimard, 2024.

BALIBAR Étienne, « Pour un droit international de l'hospitalité », *Le Monde*, 16 août 2018.

BALIBAR Étienne, « Laïcité ou identité », *Libération*, 30 août 2016.

BARKAT Sidi Mohammed, *Le Corps d'exception. Les artifices du pouvoir colonial et la destruction de la vie* [2005], Paris, Amsterdam, 2024.

BAUBÉROT Jean (avec la collaboration de Dorra Mameri-Chaambi), *La loi de 1905 n'aura pas lieu. Histoire politique des Séparations des Églises et de l'État (1902-1908)*, t. II : *La Loi de 1905, Légendes et réalités*, Paris, Éditions de la MSH, 2021.

BAUBÉROT Jean, *Laïcité, 1905-2005. Entre passion et raison*, Paris, Seuil, 2004.

BAUBÉROT Jean, « L'affaire des foulards et la laïcité à la française », *L'Homme et la Société*, n° 120, avril-mai 1996, p. 9-16.

BAUBÉROT Jean, *Vers un nouveau pacte laïque ?*, Paris, Seuil, 1990.

BAYLE Pierre, *De la tolérance* [1686], Paris, Vrin, 2014.

BELLANGER Aurélien, *Les Derniers Jours du Parti socialiste*, Paris, Seuil, 2024.

BENHABIB Seyla, *The Claims of Culture. Equality and Diversity in the Global Era*, Princeton, Princeton University Press, 2002.

BENMAKHLOUF Ali, *L'Humanité des autres*, Paris, Albin Michel, 2023.

BENSUSSAN Gérard, « “Éternellement nouveau”, l’antisémitisme », *Cité*, n° 87, 3/2021, p. 73-85.

BENTOUHAMI Hourya, « Phénoménologie politique du voile », *Philosophiques*, vol. 44, n° 2, 2017, p. 271-284.

BERKOVITS Balázs, « De quelle couleur sont les Juifs ? », *K. Les Juifs, l’Europe, le XXIe siècle*, 14 et 21 juin 2021.

BERQUE Jacques, *Éduquer les enfants de l’immigration*, Paris, CNDP, 1985.

BESSONE Magali, « L’institution universitaire et le racisme institutionnel », *Le Télémaque*, n° 64, 2023-2, p. 51-63.

BIDAR Abdennour, *Un islam pour notre temps*, Paris, Seuil, 2004.

BIDAR Abdennour, *L’Islam spirituel de Mohammed Iqbal*, Paris, Albin Michel, 2017.

BLANCHARD Emmanuel, « La France a une histoire longue de racialisation de l’emprise policière », *Le Monde*, 2 juillet 2023.

BODIN Jean, *Les Six Livres de la République* [1576], Paris, Fayard, 1986.

BOUR Jean-François, « Trop de nos concitoyens musulmans ne savent plus s’ils peuvent compter sur l’estime d’un pays dont ils contribuent à forger le destin », *Le Monde des religions*, 5 juillet 2024.

BOUVET Laurent, *La Nouvelle Question laïque. Choisir la République*, Paris, Flammarion, 2019.

BOUVET Laurent, *L’Insécurité culturelle. Le malaise identitaire français*, Paris, Fayard, 2015.

BOYARIN Daniel, *The No-State Solution. A Jewish Manifesto*, New Haven, Yale University Press, 2023.

BRIAND Aristide, *La Séparation des Églises et de l'État. Rapport fait au nom de la Commission de la Chambre des députés, suivi de pièces annexes*, Paris, Édouard Cornély et Cie, 1905.

BRONNER Luc et LARONCHE Martine, « Une majorité de syndicats enseignants hostiles à la loi sur le voile », *Le Monde*, 17 décembre 2003.

BUISSON Ferdinand, *La Foi laïque. Extraits de discours et d'écrits* [1908], Lormont, Le Bord de l'eau, 2007.

BUISSON Ferdinand, *Dictionnaire de pédagogie et d'instruction primaire* [1887], Paris, Robert Laffont, « Bouquins », 2017.

CABANEL Patrick, *Le Droit de croire. La France et ses minorités religieuses, XVIe-XXIe siècle*, Paris, Passés composés, 2024.

CALINE Guillaume et MALE Jeanne, « Le rapport des jeunes Français à la laïcité dans un monde globalisé », LACES, GSRL et Institut universitaire de France, novembre 2023.

CALVÈS Gwénaële, « Comment comprendre et appliquer la loi du 15 mars 2004 sur les signes religieux à l'école », *in* HUSSER Anne-Claire, MARTIN Philippe, VERNEUIL Yves, *Laïcité scolaire. La loi de 2004 vingt ans après*, Lyon, Presses universitaires de Lyon, 2024, p. 97-110.

CALVÈS Gwénaële, *Territoires disputés de la laïcité. 44 questions (plus ou moins) épineuses*, Paris, PUF, 2018.

CALVÈS Gwénaële « Des habitus laïques ? Des habitus antilaïques ? », communication à l'invitation des organisateurs du cycle de conférences « République, École, Laïcité » du Conservatoire national des arts et métiers (CNAM) et du Conseil des sages de la laïcité du ministère de l'Éducation nationale, 20 décembre 2020.

CALVÈS Gwénaële, *La Laïcité*, Paris, La Découverte, 2022.

CAMUS Albert, *L'Homme révolté*, Paris, Gallimard, 1951.

CÉDELLE Luc, *Le Système Blanquer. Analyse d'un discours sur l'école et la société*, La Tour d'Aigues, L'Aube, 2022.

CHANET Jean-François, *L'École républicaine et les petites patries*, Paris, Aubier, 1996.

COHEN Albert Phyllis, « The Right to be Different : Interpretations of the French Revolution' Promises to the Jews », *Modern Judaism*, vol. 12, n° 3, octobre 1992, p. 243-257.

COHEN Albert Phyllis, « Ethnicity and Jewish Solidarity in Nineteenth-Century France », *in* REINHARZ Jehuda et SWETSCHINSKI Daniel (dir.), *Mystics, Philosophers, and Politicians. Essays in Jewish Intellectual History in Honor of Alexander Altman*, Cambridge, Cambridge University Press, 1982, p. 249-274.

COLLINS Randall, « Rituals of Solidarity and Security in the Wake of Terrorist Attack », *Sociological Theory*, vol. 22, n° 1, mars 2004, p. 53-87.

CONDORCET, *Cinq mémoires sur l'instruction publique* [1791], Paris, Garnier-Flammarion, 1994.

CORCUFF Philippe, *La Grande Confusion. Comment l'extrême droite a gagné la bataille des idées*, Paris, Textuel, 2021.

COUVELAIRE Louise, « Ces Françaises et Français de confession musulmane "bien installés" qui songent de plus en plus à émigrer », *Le Monde*, 18 avril 2024.

DABI Frédéric (avec Stewart Chau), *La Fracture. Comment la jeunesse d'aujourd'hui fait sécession : ses valeurs, ses choix, ses espoirs…*, Paris, Les Arènes, 2021.

DA SILVEIRA Pablo, « Deux conceptions de la neutralité de l'État », *Philosophiques*, vol. 23, n° 2, automne 1996, p. 227-251.

DASTUR Françoise, « Y a-t-il une "essence" de l'antisémitisme ? », *in* TRAWNY Peter et MITCHELL Andrew J. (dir.), *Heidegger, die Juden, noch einmal*, Francfort-sur-le-Main, Klostermann, 2015, p. 75-96.

DELRUELLE Édouard, « De la laïcité comme *dissensus communis* », *Interrogations ?*, n° 25, décembre 2017, en ligne : www.revue-interrogations.org/De-la-laicite-comme-dissensus

DIAGNE Souleymane Bachir, *Le Fagot de ma mémoire*, Paris, Philippe Rey, 2021.

DILHAC Marc-Antoine, « Faut-il relever le voile de la laïcité ? », en ligne : www.academia.edu/168509/Faut_il_relever_le_voile_de_la_la%C3%AFcit%C3%A9_Working_paper_

DUBET François, « La laïcité dans les mutations de l'école », *in* WIEVIORKA Michel, *Une société fragmentée ? Le multiculturalisme en débat*, Paris, La Découverte, 1997, p. 83-112.

DUBET François, *Les Lycéens*, Paris, Seuil, 1991.

DUHAMEL Olivier, « Faute de femmes », *L'Express*, 16 novembre 1995.

DUPEYRON Jean-François, « Trouble(s) dans l'universel », *Annuel de la recherche en philosophie de l'éducation*, 2023/3, en ligne : www.sofphied.org/annuel-de-la-recherche-en-philosophie-de-l-education/arphe-2022/dossier/article/trouble-s-dans-l-universel

DUPRET Baudouin, « Qualifier, disqualifier : de la fonction des mots dans le discours sur l'Autre arabo-musulman », *in* Espace arabesque (dir.), *La Peur et la Séduction. L'autre dans l'imaginaire occidental et arabo-musulman*, Bruxelles, Sabir, 1992, p. 64-73.

DURPAIRE François et MABILON-BONFILS Béatrice, *La Fin de l'école*, Paris, PUF, 2014.

DWORKIN Ronald, « Désobéissance civile et protestation contre le nucléaire » [1985], *Une question de principe*, Paris, PUF, 1996, p. 133-150.

DWORKIN Ronald, *Prendre les droits au sérieux* [1977], Paris, PUF, 1995.

ECO Umberto, *Reconnaître le fascisme*, Paris, Grasset, 1997.

ENGEL Pascal, *Manuel rationaliste de survie*, Marseille, Agone, 2020.

ESTEVES Olivier, « Turban des Sikhs en Grande-Bretagne et hijab des musulmanes en France », *AOC*, 3 mai 2024.

ESTEVES Olivier, PICARD Alice et TALPIN Julien, *La France, tu l'aimes mais tu la quittes. Enquête sur la diaspora française musulmane*, Paris, Seuil, 2024.

ESTLUND David, *L'Autorité de la démocratie. Une perspective philosophique* [2008], Paris, Hermann, 2011.

FALAIZE Benoît, *Les Territoires vivants de la République*, Paris, La Découverte, 2018.

FANON Frantz, *Peau noire, masques blancs* [1952], Paris, Seuil, 2015.

FARRIS Sara, *Au nom des femmes. Fémonationalisme : les instrumentalisations racistes du féminisme* [2017], Paris, Syllepse, 2021.

FASSIN Didier, MORICE Alain et QUIMINAL Catherine (dir.), *Les Lois de l'inhospitalité. Les politiques de l'immigration à l'épreuve des sans-papiers*, Paris, La Découverte, 1997.

FERHAT Ismaïl et LEDOUX Sébastien, *Une école sous le choc ?*, Lormont, Le Bord de l'eau, 2024.

FERHAT Ismaïl et GUTIERREZ Laurent, « "Territoires perdus de la République" : vingt ans après, un best-seller sur l'école à interroger », *The Conversation*, 6 février 2023.

FERRY Luc, « Entretien avec Nicolas Weill », *Le Monde*, 10 janvier 2005.

FINKIELKRAUT Alain, *L'Identité malheureuse*, Paris, Stock, 2013.

FINKIELKRAUT Alain, *La Défaite de la pensée*, Paris, Gallimard, 1989.

FŒSSEL Michael et KARSENTI Bruno, « Comment la gauche peut-elle combattre l'extrême droite ? », propos recueillis par Nicolas Truong, *Le Monde*, 8 novembre 2024.

GALEOTTI Anna Elisabetta, « Citizenship and Equality. The Place for Toleration », *Political Theory*, vol. 21, 1993, p. 585-605.

GENIN Vincent, « C'est ça, la laïcité ? Mythologies laïques et République du même », *Esprit*, mars 2023, p. 97-107.

GIRARD Charles, « Pourquoi punir les discours de haine ? », *Esprit*, n° 418, octobre 2015, p. 11-22.

GIRARD Charles, *Délibérer entre égaux. Enquête sur l'idéal démocratique*, Paris, Vrin, 2019.

GIRARD Charles, « Entretien avec Octave Larmagnac-Matheron », *Philomag*, 8 mars 2024.

GIRAUD Véronique et SINTOMER Yves, *Des filles comme les autres. Au-delà du foulard ?*, Paris, La Découverte, 2004.

GÖLE Nilüfer, *Musulmans au quotidien. Une enquête européenne sur les controverses autour de l'islam*, Paris, La Découverte, 2015.

GUENANCIA Pierre, « Identité et cosmopolitisme », *Raison présente*, n° 201, mars 2017, p. 75-86.

HAJAT Abdellali et MARWAN Mohammed, *Islamophobie. Comment les élites françaises fabriquent le « problème musulman »*, Paris, La Découverte, 2020.

HALL Stuart, *Race, ethnicité, nation. Le triangle fatal* [2017], Paris, Éditions Amsterdam, 2022.

HARDIMON Michael, « Should we Narrow the Scope of "Racism" to Accommodate White Sensibilities ? »,

Critical Philosophy of Race, vol. VII, n° 2, 2019, p. 223-246.

HENNETTE-VAUCHEZ Stéphanie, *L'École et la République. La nouvelle laïcité scolaire*, Paris, Dalloz, 2023.

HENNETTE-VAUCHEZ Stéphanie et VALENTIN Vincent, *L'Affaire Baby Loup et la nouvelle laïcité*, Paris, LGDJ, 2014.

HÉRAN François, « L'intégration des immigrés : débats et constats », *Vie des idées*, 14 janvier 2020.

ILLOUZ Eva, *Le 8-Octobre. Généalogie d'une haine vertueuse*, Paris, Gallimard, « Tracts », 2024.

JACQUEMAIN Marc, « Henri Peña-Ruiz ou la France éclairant le monde », *Politique. Revue de débats*, n° 77, novembre-décembre 2011, p. 76-82.

JAFFRO Laurent, « La laïcité : vertu ou principe ? », *The Conversation*, 13 octobre 2022.

JAURÈS Jean, « Discours à la Chambre des députés », 21 octobre 1886.

JAURÈS Jean, « L'enseignement laïque », discours au lycée de Castres, 30 juillet 1904, *L'Humanité*, 2 août 1904.

JAURÈS Jean, « Neutralité et impartialité », *Revue de l'enseignement primaire et primaire supérieur*, 4 octobre 1908, reproduit dans Jean Jaurès, *Pour la laïque et autres textes*, Lormont, Le Bord de l'eau, 2006, p. 47-51.

JAURÈS Jean, « De la neutralité », *Revue de l'enseignement primaire et primaire supérieur*, 11 octobre 1908, reproduit dans Jean Jaurès, *Pour la laïque et autres textes*, Lormont, Le Bord de l'eau, 2006, p. 52-55.

JAURÈS Jean, « La valeur des maîtres », *Revue de l'enseignement primaire et primaire supérieur*, 25 octobre 1908, *in* Jean Jaurès, *Pour la laïque et autres textes*, Lormont, Le Bord de l'eau, 2006, p. 56-59.

JAURÈS Jean, « Pour la laïque », 21 et 24 janvier 1910, *in* Jean Jaurès, *Pour la laïque et autres textes*, Lormont, Le Bord de l'eau, 2006, p. 65-126.

JAURÈS Jean, « L'ordre sanglant », *L'Humanité*, 22 avril 1912.

JONAS Hans, *Le Principe responsabilité* [1979], Paris, Flammarion, 2013.

KAHN Pierre, « Quelle laïcité voulons-nous ? », *ESF Sciences humaines*, 17 octobre 2023.

KAHN Pierre, « Hausse des atteintes à la laïcité : des chiffres qui interrogent », *The Conversation*, 27 novembre 2022.

KAHN Pierre, « La lettre de Guizot aux instituteurs (juillet 1833). Éléments pour une préhistoire de la déontologie enseignante », *Les Sciences de l'éducation*, vol. 40, 2007/2, p. 115-125.

KANT Emmanuel, *Projet de paix perpétuelle. Esquisse philosophique* [1795], Paris, Vrin, 2002.

KHOSROKHAVAR Farhad, « L'universel abstrait, le politique et la construction de l'islamisme comme forme d'altérité », in *Une société fragmentée ? Le multiculturalisme en débat*, Paris, La Découverte, 1997, p. 113-151.

KINTZLER Catherine, « Ce n'est pas en se taisant que la République finira par gagner », *Le Figaro*, 10 avril 2014.

KINTZLER Catherine, « Question de laïcité », *L'Âne. Le magazine freudien*, janvier-mars 1990, p. 10-11.

LABORDE Cécile, *Philosophie libérale de la religion* [2017], Paris, Raison publique/Hermann, 2023.

LAMINE Anne-Sophie, « Les foulards de la République », *Revue des sciences sociales*, n° 35, 2006, p. 154-165.

LANTHEAUME Françoise et URBANSKI Sébastien (dir.), *Laïcité, discriminations, racisme. Les professionnels de l'éducation face à l'épreuve*, Lyon, PUL, 2023.

LAPEYRONNIE Didier, « Quelle intégration ? », *in* LOCHE Bernard et MARTIN Christophe (dir.), *L'Insécurité dans la ville. Changer de regard*, Paris, L'Œil d'or, 2003, p. 95-100.

LE BLANC Guillaume, *Dedans, dehors. La condition d'étranger*, Paris, Seuil, 2010.

LEDOUX Sébastien, « L'École à l'épreuve de l'attentat de *Charlie Hebdo* : quand les minutes de silence parlent aussi », *Mémoires en jeu*, n° 4, septembre 2017, p. 65-71.

LEFORT Claude, *L'Invention démocratique*, Paris, Fayard, 1994.

LEFORT Claude, « La question de la démocratie » [1983], *Essais sur le politique*, Paris, Seuil, 2001.

LEVINAS Emmanuel, *Du sacré au saint*, Paris, Minuit, 1977.

LOEFFEL Laurence, « Présentation », *in* JAURÈS Jean, *Pour la laïque et autres textes*, Lormont, Le Bord de l'eau, 2006, p. 13-46.

LORCERIE Françoise et MOIGNARD Benjamin, « L'école, la laïcité et le virage sécuritaire post-attentats : un tableau contrasté », *Sociologie* [en ligne], n° 4, vol. 8, 2017.

LORCERIE Françoise, « L'islam comme contre-identification française : trois moments », *L'Année du Maghreb 2005-2006*, Paris, CNRS éditions, 2007, p. 509-536.

LORCERIE Françoise, « Le primordialisme français, ses voies, ses fièvres », *in* SMOUTS Marie-Claude (dir.), *La Situation postcoloniale. Les « postcolonial studies » dans le débat français*, Paris, Presses de Sciences Po, 2007, p. 298-243.

LOUBES Olivier, « L'interdiction des propagandes politique et confessionnelle dans les établissements scolaires : deux circulaires de Jean Zay en 1936 et 1937 », *Vingtième siècle. Revue d'histoire*, 81, janvier-mars 2004, p. 131-136.

MABILON-MONFILS Béatrice et ZOÏA Geneviève, *La Laïcité au risque de l'autre*, La Tour d'Aigues, L'Aube, 2014.

MACÉ Éric, « Des "minorités visibles" aux stéréotypes », *Journal des anthropologues*, hors-série, 2007, p. 69-87.

MANENT Pierre, *Situation de la France*, Paris, Desclée de Brouwer, 2015.

MARELLI Joëlle, « Usages et maléfices du thème de l'antisémitisme en France », *in* GUENIF-SOUILLAMAS Nacira (dir.), *La République mise à nu par son immigration*, Paris, La Fabrique, p. 133-159.

MARIENSTRAS Richard, *Être un peuple en diaspora*, Paris, François Maspéro, 1977.

MARTINEZ-ARIÑO Julia, *Urban Secularism. Negotiating Religious Diversity in Europe*, Londres / New York, Routledge, 2020.

MATHIOT Pierre, « L'affaire du lycée musulman Averroès », *AOC*, du 21 au 25 octobre 2024.

MAYEUR Jean-Marie, *La Question laïque*, Paris, Fayard, 1997.

MEMMI Albert, *Juifs et Arabes*, Paris, Gallimard, 1974.

MENDUS Susan, « Tolérance et pluralisme moral », *in* CANTO-SPERBER Monique (dir.), *Dictionnaire d'éthique et de philosophie morale*, Paris, PUF, 1996, p. 1536-1540.

MILL John Stuart, *De la liberté* [1859], Paris, Gallimard, « Folio essais », 1990.

OZOUF Jacques et OZOUF Mona, *La République des instituteurs*, Paris, EHESS/Gallimard/Seuil, 1992.

OZOUF Mona, *Composition française. Retour sur une enfance bretonne*, Paris, Gallimard, 2009.

PARFIT Derek, *Les Raisons et les Personnes* [1984], Marseille, Agone, 2024.

PEILLON Vincent, « Entretien avec Charles Perragin », *Philomag*, 5 mai 2021.

PEILLON Vincent, *Une religion pour la République. La foi laïque de Ferdinand Buisson*, Paris, Seuil, 2010.

PEILLON Vincent, « Avant-propos », *in* JAURÈS Jean, *Pour la laïque et autres textes*, Lormont, Le Bord de l'eau, 2006, p. 5-11.

PEILLON Vincent, *Jean Jaurès et la religion du socialisme*, Paris, Grasset, 2000.

PEÑA-RUIZ Henri, *Dieu et Marianne. Philosophie de la laïcité*, Paris, PUF, 1999.

PERREAU Bruno, *Sphères d'injustice. Pour un universalisme minoritaire*, Paris, La Découverte, « Terrains philosophiques », 2023.

PERREAU Bruno, « L'invention républicaine. Éléments d'une herméneutique minoritaire », *Pouvoirs*, n° 111, 2004, p. 41-53.

PFEFFERKORN Roland, *Laïcité. Une aspiration émancipatrice dévoyée*, Paris, Syllepse, 2022.

POLICAR Alain, *Ronald Dworkin ou la valeur de l'égalité*, Paris, CNRS Éditions, 2015.

POLICAR Alain, « Entretien avec Octave Larmagnac-Matheron », *Philosophie Magazine*, 30 avril 2024.

POLICAR Alain, *Le wokisme n'existe pas. La fabrication d'un mythe*, Lormont, Le Bord de l'eau, 2024.

PORTIER Philippe, « L'école et la religion. Un parcours de la laïcité française », *in* Jacques EHRENFREUND et GISEL Pierre (dir.), *Religieux, société civile, politique*, Lausanne, Antipodes, 2012.

PORTIER Philippe, *L'État et les religions en France. Une sociologie historique de la laïcité*, Rennes, PUR, 2016.

PORTIER Philippe, « Jean Baubérot, La loi de 1905 n'aura pas lieu. Histoire politique des séparations des Églises et de l'État (1902-1908), t. I : L'impossible

« loi de liberté » (1902-1905) », *Archives de sciences sociales des religions*, n° 192, 2020, p. 140-143.

PORTIER Philippe, « Le tournant illibéral de la laïcité française », *Le Grand Continent*, 21 février 2021.

PORTIER Philippe, *L'Inflexion sécuritaire de la laïcité française*, PUG, 2021.

PORTIER Philippe, « La crise de la laïcité française », *Critique*, n° 924, mai 2024, p. 427-438.

POULAT Émile, *Notre laïcité publique. « La France est une République laïque »*, Paris, Berg International, 2003.

POULAT Émile, « En 1990, laïcité pour une confession majoritaire : le catholicisme », *in* BOST Hubert (dir.), *Genèse et enjeux de la laïcité*, Genève, Labor et Fides, 1990, p. 108-109.

PRADEU Thomas, *Limites du soi. Immunologie et identité biologique*, Paris, Vrin, 2010.

PRADEU Thomas, « Qu'est-ce qu'un individu biologique ? », *in* LUDWIG Pascal et PRADEU Thomas (dir.), *L'Individu. Perspectives contemporaines*, Paris, Vrin, 2008, p. 97-125.

PRANCHÈRE Jean-Yves, « Tourmentes laïques » (en ligne : inrer.org/2019/11/tourmentes-laiques/), texte partiellement repris dans *Esprit*, janvier-février 2020, p. 171-181.

PRANCHÈRE Jean-Yves, « Le meurtre de Samuel Paty et les exigences des Lumières », *Esprit*, décembre 2020, p. 9-15.

QUÉLENNEC Bruno, « "Les Allemands ne pardonneront jamais Auschwitz aux Juifs" (Zvi Rex). Genèse, portée et limites du concept d'"antisémitisme secondaire" », *Cités*, 2021/3, n° 87, p. 33-50.

QUINET Edgar, *L'Enseignement du peuple* [1850], Paris, Hachette/BnF, 2016.

REVAULT D'ALLONNES Myriam, *La Faiblesse du vrai. Ce que la post-vérité fait à notre monde commun*, Paris, Seuil, 2018.

RICŒUR Paul, « L'usure de la tolérance et la résistance de l'intolérable », *Diogène*, n° 176, 1996, p. 166-176.

RICŒUR Paul, « La condition d'étranger », *Esprit*, mars-avril 2006, p. 264-275.

RIEU Véronique, *L'Anticléricalisme féministe sous la IIIe République (1875-1914)*, Paris, L'Harmattan, 2015.

ROGOZINSKI Jacob, *Inhospitalité*, Paris, Cerf, 2024.

SALLENAVE Danièle, « L'identitarisme est la maladie du XXIe siècle », *Le Monde*, 23 juin 2018.

SALLENAVE Danièle, *L'Églantine et le Muguet*, Paris, Gallimard, 2018.

SAMUELS Maurice, *Le Droit à la différence. L'universalisme français et les juifs* [2016], Paris, La Découverte, 2022.

SAYAD Abdelmalek, *L'École et les enfants de l'immigration. Essais critiques*, recueil d'écrits posthumes, édité par Benoît Falaize et Smaïn Laacher, Paris, Seuil, 2014.

SCANLON Thomas, *L'Épreuve de la tolérance. Essais de philosophie politique*, Paris, Hermann, 2018.

SCHNAPPER Dominique, *La France de l'intégration. Sociologie de la nation en 1990*, Paris, Gallimard, 1991.

SEKSIG Alain *et al.*, *L'École face à l'obscurantisme religieux. 20 personnalités commentent un rapport choc de l'Éducation nationale*, Paris, Max Milo, 2006.

SEKSIG Alain et PETEK-SALOM Gaye, « En acceptant le foulard à l'école, on risque de transformer chaque musulman en intégriste. L'État doit légiférer. Clarté, fermeté, laïcité », *Libération*, 12 novembre 1999.

SÉNAC Réjane, *L'Égalité sous conditions. Genre, parité, diversité*, Paris, Les Presses de Sciences Po, 2015.

SENIGUER Haoues, *La République autoritaire. Islam de France et illusion républicaine (2015-2022)*, Lormont, Le Bord de l'eau, 2022.

SHEPARD Todd, *Mâle Décolonisation. L'« homme arabe » et la France, de l'indépendance algérienne à la révolution iranienne*, Paris, Payot, 2017.

SHEPARD Todd, « L'Arabe au sexe-couteau. Sexualité et racisme postcolonial en France », entretien avec Emmanuel Laurentin, *Esprit*, novembre 2023, p. 73-80.

SHIRALI Mahnaz, *Entre islam et démocratie. Parcours de jeunes Français d'aujourd'hui*, Armand Colin, 2007.

SPINNER-HALEV Jeffrey, *The Boundaries of Citizenship. Race, Ethnicity and Nationality in the Liberal State*, Baltimore/Londres, Johns Hopkins University Press, 1994.

SPITZ Jean-Fabien, *La République ? Quelles valeurs ? Essai sur un nouvel intégrisme politique*, Paris, Gallimard, 2022.

TAGUIEFF Pierre-André, *La Nouvelle Judéophobie*, Paris, Mille et Une Nuits, 2002.

TARDIVEL Émilie, « Pour un libéralisme critique. Égale dignité et droit de résistance dans la pensée de János Kis », *Sens public*, 2005/02, en ligne : www.sens-public.org/spip.php?article118
TASSIN Étienne, « Exil, hospitalité et… politique », *Mediapart*, 8 juillet 2017, en ligne : blogs.mediapart.fr/edition/la-jungle-et-la-ville/article/080717/exil-hospitalite-et-politique
TERRAY Emmanuel, « La question du voile : une hystérie politique », *Mouvements*, n° 32, mars-avril 2004, p. 96-104.
TOURNEMIRE Pierre, « Une loi qui serait inopportune », *Idées en mouvement*, n° 110, juin 2003.
VIENNOT Éliane (dir.), *La Démocratie « à la française » ou les femmes indésirables*, Paris, Publications de l'université Paris-VII – Denis-Diderot, 1996.
VOLTAIRE, *Traité sur la tolérance* [1763], Paris, Flammarion, 1993.
WATERLOT Ghislain, « Aux sources de la pensée libérale, une généalogie de la tolérance. Castellion, Spinoza, Bayle, Locke », *in* KÉVORKIAN Gilles (dir.), *La Pensée libérale. Histoire et controverses*, Paris, Ellipses, 2010, p. 211-226.
WATERLOT Ghislain, « Droits de l'homme et tolérance », *Diogène*, n° 176, 1996, p. 47-63.
WEIL Éric, *Logique de la philosophie*, Paris, Vrin, 1951.
WEILL Nicolas, *La République et les antisémites*, Paris, Grasset, 2004.
WIEVIORKA Michel, « L'idée d'un front ou d'un axe républicain supposé faire barrage à l'extrême droite ne tient plus », *Le Monde*, 28 mai 2024.

WIEVIORKA Michel, « Racisme et antisémitisme contemporains : métamorphoses, continuités et discontinuités », *Socio*, n° 18, 2023, p. 159-172.

WIEVIORKA Michel, *La Démocratie à l'épreuve. Nationalisme, populisme, ethnicité*, Paris, La Découverte, 1993.

ZUBER Valentine, « Laïcité », *in* POLICAR Alain, MAYER Nonna et CORCUFF Philippe (dir.), *Les mots qui fâchent*, Paris, L'Aube, 2022, p. 104-106.

ZUBER Valentine, intervention dans l'émission de Guillaume Erner, France Culture, 25 septembre 2019.

Index des noms

Table

Cet ouvrage a été mis en pages par

<pixellence>

Les Éditions Flammarion sont investies dans une démarche active pour l'empreinte environnementale de leurs parutions. Ainsi, le livre que vous tenez entre vos mains a été imprimé en France sur des papiers issus de forêts gérées durablement, par un imprimeur engagé dans la protection de l'environnement.

Imprimé en France par CPI en septembre 2025

Dépôt légal : octobre 2025
N° d'édition : 661256-0
N° d'impression : 185157